MW01585405

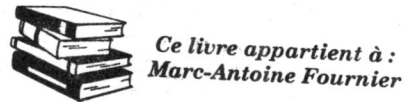

Ce livre appartient à :
Marc-Antoine Fournier

Ce livre appartient à :
Marc-Antoine Fournier

gaïg
LA LIGNÉE SACRÉE

DYNAH PSYCHÉ

LA LIGNÉE SACRÉE

ÉDITIONS
MICHEL
QUINTIN

Catalogage avant publication de Bibliothèque et Archives nationales du Québec et Bibliothèque et Archives Canada

Psyché, Dynah

Gaïg

Sommaire: 1. La prophétie des Nains -- 2. La forêt de Nsaï -- 3. L'appel de la mer -- 4. L'île des disparus -- 5. La Lignée sacrée.
Pour enfants.

ISBN 978-2-89435-373-8 (v. 5)

I. Titre. II. Titre: La prophétie des Nains. III. Titre: La forêt de Nsaï. IV. Titre: L'appel de la mer. V. Titre: L'île des disparus. VI. Titre: La Lignée sacrée.

PS8631.S82G33 2007   jC843'.6   C2007-941802-3
PS9631.S82G33 2007

Illustrations de la page couverture et des pages 7 et 9: Boris Stoilov
Illustration de la carte: Mathieu Girard
Révision linguistique: Sylvie Lallier, Éd. Michel Quintin
Infographie: Marie-Ève Boisvert, Éd. Michel Quintin

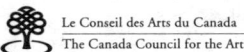 

La publication de cet ouvrage a été réalisée grâce au soutien financier du Conseil des Arts du Canada et de la SODEC.

De plus, les Éditions Michel Quintin bénéficient de l'aide financière du gouvernement du Canada par l'entremise du Programme d'aide au développement de l'industrie de l'édition (PADIÉ) pour leurs activités d'édition.

Gouvernement du Québec –Programme de crédit d'impôt pour l'édition de livres – Gestion SODEC

Tous droits de traduction et d'adaptation réservés pour tous les pays. Toute reproduction d'un extrait quelconque de ce livre, par procédé mécanique ou électronique, y compris la microreproduction, est strictement interdite sans l'autorisation écrite de l'éditeur.

ISBN 978-2-89435-373-8
Dépôt légal - Bibliothèque et Archives nationales du Québec, 2008
Dépôt légal - Bibliothèque et Archives Canada, 2008

© Copyright 2008

Éditions Michel Quintin
C.P. 340, Waterloo (Québec)
Canada J0E 2N0
Tél.: 450 539-3774
Téléc.: 450 539-4905
www.editionsmichelquintin.ca

08 - GA - 1

Imprimé au Canada

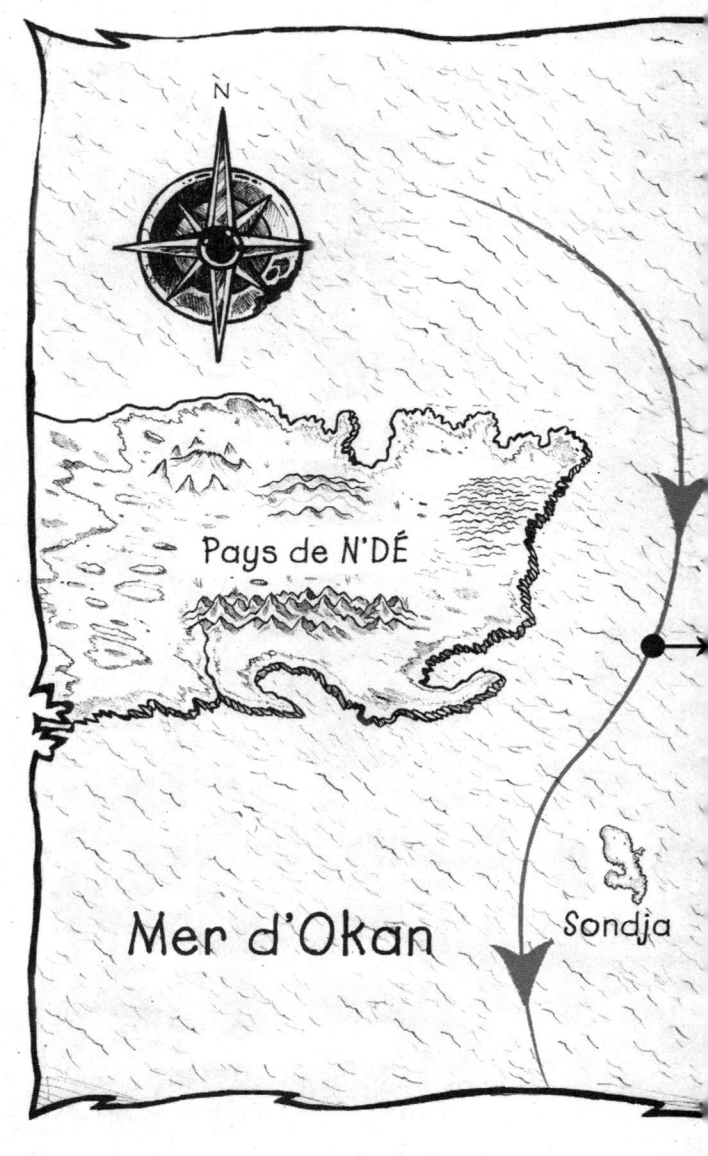

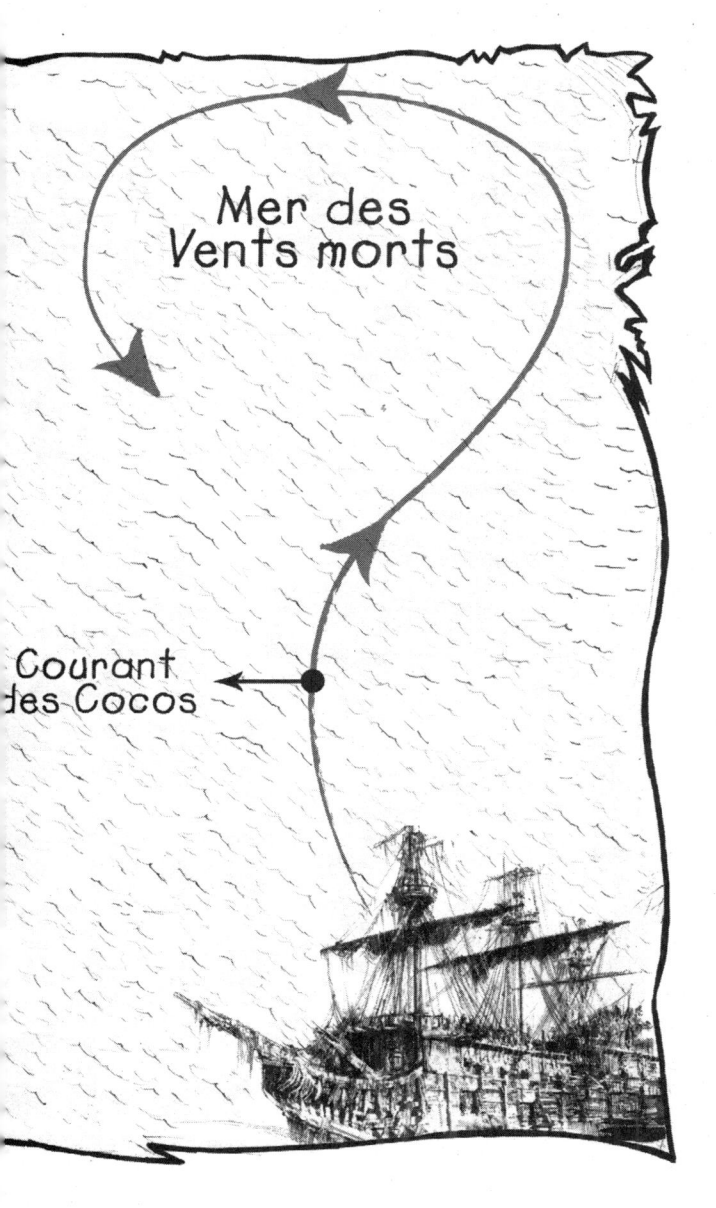

RÉSUMÉ DU TOME

L'ÎLE DES DISPARUS

Gaïg, ayant accosté sur l'île avec ses compagnons, se dirige vers le village où se trouvent les Nains prisonniers. Il s'agit effectivement des Kikongos disparus, parmi lesquels Mfuru retrouve Do, son père. Ils sont en piteux état, enchaînés et enfermés, faméliques et affamés. Une fois libérés, ils se débarrassent sans remords de leurs oppresseurs, qui les exploitaient pour trouver de l'or dans une mine.

Un jour où Gaïg visite la mine, elle s'embarque sur un radeau construit par les Nains à la demande de Loki et navigue sur un lac souterrain débouchant dans la mer. Là, dans un bassin, elle voit une Sirène mâle mais elle n'ose l'aborder. Quand la Sirène part, Gaïg remonte à la surface et accepte un cadeau que lui offre Txabi : un anneau ouvert en Nyanga, qui s'enroule de lui-même autour de sa propre bague.

Gaïg, assaillie par une migraine épouvantable, est sauvée par un échange de sang avec Winifrid, échange qui la transforme en partie en Dryade et lui fait oublier ce qui s'est passé. Elle perd la mémoire et n'a plus conscience de l'existence de ce nouveau bijou.

Un bateau approche de l'île, porteur des complices des Hommes esclavagistes, qui se font immédiatement décimer par les Kikongos. Gaïg décide de passer la nuit sur le bateau et quand elle se réveille au petit matin, elle se retrouve une fois de plus en pleine mer.

Pendant ce temps, les trois tribus de Nains, Lisimbahs, Pongwas et Affés, cherchent un asile. Les Gnahorés, installés dans les villages de la côte et très occupés à ressembler aux Hommes, acceptent de les héberger dans les collines de Koulibaly qu'ils n'habitent plus.

C'est alors que Maïalen et Patxi, deux Salamandars, annoncent à WaNguira que les Kikongos sont vivants mais réduits en esclavage par des Hommes sans scrupules. Ce dernier décide d'armer un bateau pour aller à la rencontre des Kikongos. Nihassah suggère de s'adresser aux Floups, pirates redoutables ennemis des Hommes.

Flopi, un capitaine floup, accepte de les aider et de les emmener sur son bateau. Quelques jours de navigation permettent aux Nains de découvrir un peu le peuple des Floups, et surtout d'arriver face à l'île présumée où leurs frères seraient maintenus en esclavage.

1

Gaïg, en réveillant ses compagnons, n'avait aucun projet précis en tête : elle voulait simplement les mettre au courant de la situation. Ils étaient en pleine mer, sur une embarcation bien trop grosse pour qu'elle la dirige comme elle l'avait fait avec la barque. Comment étaient-ils arrivés là ? Elle n'en savait rien.

La stupéfaction de ses amis, leurs questions, leur incompréhension, rien ne la surprit : elle avait déjà vécu la même situation avec eux avant d'accoster sur l'île des Kikongos. Cette fois, elle avait simplement l'impression d'une mauvaise plaisanterie. Pas deux fois de suite la même chose, quand même…

Et pourtant… La réalité était là, on ne peut plus tangible : un bateau, c'est du solide, ça se touche, on s'y déplace. La mer tout autour, dans un infini de bleu et d'indigo, ça se voit.

Deux goélettes qui disparaissent dans le lointain, ça laisse même un arrière-goût de trop tard, de chance qui a tourné.

Les regards se tournaient de plus en plus souvent vers Loki, interrogateurs. Ce dernier finit par se lever, ulcéré :

— *Mais qu'est-ce que vous avez tous à me dévisager comme ça ? Je n'ai rien fait, je suis innocent. Ce n'est pas parce que j'ai voulu plaisanter une fois que je serai tout le temps responsable de vos déboires. Je n'ai pas détaché ce bateau, un point c'est tout.*

Gaïg s'apprêtait à répondre qu'il n'y avait rien d'étonnant à ce qu'on le soupçonne, sachant ce dont il s'était montré capable dans le passé, mais Winifrid la devança.

— *Personne ne t'accuse, Loki,* dit-elle calmement. *On essaie de comprendre, c'est tout.*

— *Toi, peut-être. Mais je sens que Madame Gaïg a envie de m'accuser ! Alors que je suis innocent !*

Ce faisant, Loki se plaisait à afficher un visage empreint d'une candeur inégalée. À la limite, il en faisait trop pour être honnête. Mais à la surprise de tous, Gaïg ne disait mot. Visiblement, elle réfléchissait.

Sa vision de la nuit lui revenait : qui était cet enfant qu'elle avait aperçu en train d'enjamber le bastingage ? Se pouvait-il que ce fût lui le responsable ? Mais pourquoi aurait-il détaché le bateau? Pour fuir les Kikongos? Cela voulait dire qu'il était encore à bord, alors…

Gaïg frémit. Pour se rassurer aussitôt : il ne devait pas être bien dangereux, ce petit bout d'homme… Mais il ne les craignait donc pas? Il y avait des Nains à bord pourtant. Qu'il aurait dû redouter. Gaïg se rendit alors compte que sur les trois Nains embarqués, il y avait un aveugle et une enfant. Restait Mfuru, qui n'avait pas l'air bien terrible, dans sa lenteur silencieuse. Elle informa ses compagnons de la visite nocturne.

Différentes questions et réflexions s'ensuivirent, mais il était évident que personne n'avait l'intention de nuire à la créature. Et d'abord où la trouver? Loki fit un tour complet sur lui-même en scrutant ostensiblement les alentours :

— Je m'en vais le chercher, moi, ce sacripant qui fait des blagues de si mauvais goût! Hé! hé! A-t-on idée de mettre ainsi en danger la vie des gens? Quel inconscient!

À part AtaEnsic et Winifrid, habituées de longue date aux Pookahs, ses compagnons restèrent soufflés devant tant de mauvaise foi. En prenant son temps, il disparut avec un étalage de gestes inutiles par une écoutille, suivi de Txabi, fort excité à en juger par l'agitation de sa queue.

Presque aussitôt, une petite voix flûtée et pleine d'assurance se fit entendre :

— Je suis caché. C'est moi qui ai détaché le bateau. Je saurai le diriger si vous m'aidez. Si vous refusez, je me jette à l'eau et je me noie. Et vous serez perdus aussi!

Gaïg et ses amis s'appliquaient à découvrir d'où provenait le son, puisqu'il n'y avait aucun endroit où se dissimuler sur le pont. WaNdo fut le premier à reprendre ses esprits, plus vif que ses compagnons puisqu'il ne cherchait pas avec ses yeux.

— Tu peux venir, il ne te sera fait aucun mal, dit-il d'une voix claire. Mais qui es-tu?

Un être minuscule enjamba le bastingage, comme s'il venait de la mer. Tous comprirent alors sa ruse : il n'était pas caché *dans* le bateau, mais à l'extérieur. Gaïg pensa à l'amas de cordes entremêlées sur le bossoir : il avait dû s'installer une espèce de hamac dans lequel il s'était réfugié en attendant le moment propice. Quelle débrouillardise, quand même, chez un enfant aussi jeune!

Elle ne pouvait détacher ses yeux de lui : il était vraiment de taille réduite, avec quelque chose de félin dans l'allure, sans doute accentué par ses oreilles de chat, pointues et veloutées.

— Je suis un Floup, répondit fièrement le petit bonhomme haut comme trois pommes.

J'étais mousse sur ce bateau. Mais maintenant, je peux être le capitaine, puisque vous avez tué son équipage et que vous ne savez pas naviguer. J'ai entendu tout ce que vous disiez. Et j'ai tout vu aussi, hier.

Gaïg et ses amis étaient stupéfaits de tant d'aplomb.

— Nous n'avons tué personne, précisa-t-elle. Quand nous sommes arrivés, tout était fini. C'est une longue histoire, entre les Hommes et ceux de l'île. Je ne suis pas sûre que ces derniers auraient pu agir autrement...

Le jeune Floup haussa les épaules, comme si le sort des Hommes lui importait peu. Il rétorqua néanmoins :

— Il n'empêche qu'il n'y a plus d'équipage. Et vous n'avez pas l'air très à l'aise, tout seuls sur ce bâtiment! Or moi, je sais comment on dirige un bateau.

— Mais qui es-tu, enfin? insista Gaïg, qui n'avait jamais vu de Floup.

— Je te l'ai dit, je suis un Floup. Et je sais gouverner un bateau.

WaNdo intervint, afin de l'éclairer :

— Les Floups sont un peuple de pirates, Gaïg. Ils le sont devenus après que les Hommes ont voulu les réduire en esclavage. Ils se sont réfugiés sur la mer, et depuis, c'est la guerre entre les deux peuples. Ils sont très forts en matière de navigation. Ils commandent parfois des armes aux Nains. Nous ne sommes pas ennemis.

— Nous ne sommes pas amis non plus, intervint orgueilleusement la menue créature. Les Floups ne sont liés à personne, ils sont libres de toute attache. Néanmoins ils détestent les Hommes, ajouta-t-il en plongeant avec provocation son regard dans celui de Gaïg.

— Mais comment t'es-tu retrouvé sur ce bateau? questionna WaNdo.

— J'étais prisonnier, affirma le jeune personnage avec une conviction désarmante. Les Hommes enlèvent des enfants floups pour les utiliser comme mousses sur leurs bateaux. Ils se vengent ainsi de ce que les miens leur font subir sur mer. J'avais cinq ans quand ils m'ont pris.

— Et tu n'as jamais cherché à te sauver? interrogea Gaïg, dubitative devant l'assurance du petit bonhomme.

— Oh, j'aurais pu, bien sûr. J'ai été plusieurs fois en contact avec les miens. Mais je suis resté pour apprendre. C'est ce que nous faisons tous, si nous sommes enlevés. Je partirai quand j'en saurai assez sur eux, sur leur manière de se battre ou de naviguer. Peut-être que le moment est venu, d'ailleurs, puisqu'ils ne sont plus là. Comme je suis le seul survivant, ce bateau m'appartient.

— Là, tu vas un peu vite, contesta Gaïg. Pourquoi serait-il plus à toi qu'à nous ?

— Parce que j'étais là avant !

— Mais nous sommes plus nombreux que toi…

— Oui, mais vous ne savez pas naviguer. Qu'en ferez-vous ?

Puis il ajouta, avec un rien de défi dans le ton :

— Vous pouvez me tuer, bien sûr. Mais vous ne serez pas plus avancés…

Gaïg se tut, rendue muette par la logique pleine de hardiesse de celui qu'elle avait de plus en plus de mal à considérer comme un enfant.

— Hé ! hé ! Il me plaît, ce marin, déclara Loki qui écoutait depuis un moment, avec seulement la tête dépassant de l'écoutille. Hu ! hu ! hu ! Comment t'appelles-tu ?

Le Floup considéra un moment l'endroit d'où venait la voix avec un air perplexe, puis sembla se détendre, émettant ce qui pouvait passer pour un rire.

— Pilaf. J'ai douze ans et ça fait sept ans que je suis sur ce bateau. C'est dire si je le connais… Mais tu parles bizarrement : j'ai du mal à te comprendre… Et tu es bizarre : on te voit pas bien…

— Ho ! ho ! J'ai un petit accent, répondit Loki en se contorsionnant comiquement. Si tu es capitaine, je suis second. Hi! hi! On hisse les voiles?

— Où vouliez-vous aller? interrogea Pilaf.

— Hum! Je te rappelle que ce n'est pas nous qui avons détaché le bateau... observa Gaïg avec un rien d'humeur dans la voix.

— Il fallait bien que j'échappe aux Nains. Je n'allais pas me laisser massacrer comme les autres. Après tout, je n'appartiens pas à la race des Hommes. Leurs démêlés avec les autres peuples ne me concernent pas. J'ai déjà été enlevé, ça suffit, non? C'est la première fois que je venais sur cette île: une histoire d'or à récupérer, paraît-il, avant le délai prévu. Le bateau a été vendu à cet équipage, et moi avec. C'est pourquoi je suis là. Mais maintenant, je dois essayer de rejoindre les miens.

— Tu pourrais nous ramener chez nous? demanda Dikélédi. Nous venons du pays de N'Dé.

— Oui, je connais. Mais si je vous dépose dans un village de la côte, je n'aurai plus d'équipage. Il me faut d'abord trouver d'autres Floups, et voir s'ils acceptent d'embarquer avec moi. J'ai une sœur, peut-être qu'elle sera d'accord. En attendant, vous êtes mes prisonniers!

— Mais quel toupet! explosa Gaïg. Tu n'as pas honte d'agir ainsi? J'espère bien qu'aucun des Floups que tu rencontreras ne t'acceptera comme capitaine, et qu'ils s'empareront de TON navire et qu'ils…

— Si je dis que ce navire est à moi et que j'en suis le capitaine, l'interrompit calmement Pilaf, aucun Floup ne cherchera à s'en emparer. Et il est à moi, puisqu'il n'a plus de propriétaire.

— Il est à nous aussi, décréta Gaïg. Après tout, ce sont des Nains qui ont tué son équipage. Donc le bateau appartient aux Nains. Et il y en a trois ici.

— Alors débrouillez-vous sans moi, conclut Pilaf en enjambant le bastingage. Tes Nains n'ont qu'à le diriger.

Gaïg, outrée, se rendit compte que ses compagnons souriaient.

— *Le moins qu'on puisse dire, c'est qu'il sait ce qu'il veut,* pouffa Winifrid. *J'ignore qui est prisonnier de qui, mais le fait est que nous sommes embarqués dans le même bateau et que sans lui, nous ne pouvons rien faire.*

— Je n'ai encore jamais été prisonnier, hé ! hé ! Je veux bien être le sien, s'esclaffa Loki. Et je serai aussi le second du bateau, n'oubliez pas. Je vais le rejoindre. Hi ! hi ! Je suppose qu'il rit, Pilaf !

Le Pookah suivit le même trajet que le Floup et disparut de l'autre côté du bastingage. Tout doucement, Gaïg alla jeter un coup d'œil et se rendit compte qu'elle avait raison : les deux lascars s'étaient réfugiés dans l'amas de cordages qui débordaient largement du pont sur le bossoir. Elle se sentit légèrement agacée en voyant que Txabi les avait rejoints.

Que faire ? Une fois de plus, Gaïg se sentait impuissante à modifier le cours des événements. Était-ce donc cela, la vie ? Où était la liberté dont elle avait rêvé ? Quand ce n'étaient pas Garin et Jéhanne qui lui disaient ce qu'elle devait faire, elle devenait, malgré elle, prisonnière d'autre chose. Y compris d'un Floup qui n'avait pas l'air de la prendre en sympathie… Évidemment, puisque pour lui, elle représentait les Hommes qui l'avaient enlevé à ses parents et fait prisonnier.

Gaïg soupira et choisit de se taire : les autres décideraient. Puisque le jeune garçon prétendait être capable de gouverner le bateau, ce n'était pas la peine de l'indisposer. Il valait mieux se soumettre jusqu'à ce qu'il les dépose sur la terre ferme. Elle avait assez de questions sans réponse en tête pour ne pas perdre de temps à essayer de gagner l'amitié d'un pirate.

Elle se réfugia sur le tas de cordages où elle avait passé la nuit, et se laissa aller à une demi-torpeur pendant laquelle elle vit ses compagnons se livrer à des pourparlers avec Pilaf.

Ce dernier finit par réintégrer le bateau, et commença à s'affairer tout en donnant des ordres.

Gaïg fut surprise : il n'avait pas menti, il savait naviguer. En moins de deux, sur ses directives, les voiles furent hissées et le bateau arrêta sa dérive. Où allait-on ? Elle n'en avait aucune idée et décida qu'elle n'en avait cure. Même si on revenait sur l'île. En attendant, Pilaf, déjà amoureux de son bateau et conscient de l'entretien qui lui avait fait défaut ces derniers temps, demandait à Dikélédi et Winifrid de nettoyer le pont…

AtaEnsic et WaNdo, n'étant pas d'une grande utilité pour les manœuvres, étaient venus la rejoindre et Gaïg se colla sur la Licorne, jouant nonchalamment avec sa crinière. Le temps s'écoulait, personne ne rompait le silence. WaNdo avait l'air absorbé dans ses pensées et AtaEnsic suivait du regard les allées et venues indolentes de Mfuru qui rangeait, essayant de trouver une place pour tout ce qui traînait.

Gaïg se sentait sans entrain, avec un mal de tête très léger, trop diffus pour lui prêter attention et en parler, mais présent cependant. Elle éprouvait une certaine fatigue, ce qui n'était pas étonnant vu les circonstances. Elle était un peu surprise de sa propre indifférence, mais ne fit rien pour la combattre.

Sa journée s'écoula dans une sorte de léthargie, et comme ses compagnons semblaient pouvoir se passer d'elle pour manier le bateau, elle n'essaya même pas de se joindre à eux. Elle prendrait la relève quand le soir viendrait, si Pilaf acceptait de lui expliquer ce qu'elle devait faire. Sinon, elle se baignerait. Toute la nuit.

Gaïg savait qu'elle pensait cela par pure contradiction envers ses amis qui lui avaient interdit l'accès à la mer sur l'île : elle avait remarqué, lors de son bain nocturne de la veille, que l'eau ne l'attirait plus autant depuis l'échange de sang avec Winifrid.

En revanche, elle rêvait de verdure, elle aurait aimé sentir la végétation autour d'elle, se réfugier dans les branches du chêne qui lui avait parlé, puiser de la force dans son vieux tronc ridé, écouter le doux bruissement de ses feuilles, et surtout, causer avec lui.

Elle pensa aux Sirènes qu'il lui avait montrées et conclut qu'il lui faudrait se baigner tôt ou tard si elle voulait entrer en contact avec leurs semblables. De toute façon, Winifrid l'avait avertie que les effets de l'échange de sang seraient momentanés. Et elle aimait encore l'eau, malgré tout…

En attendant, elle devrait se contenter de bois mort : celui du pont sur lequel elle se trouvait, celui de la coque, des mâts, des bancs et des seaux. Quelle triste fin pour un arbre. Pourtant, Winifrid s'occupait autant du bois « mort » que des arbres. Gaïg l'avait toujours vue caresser le bois, quel qu'il soit. Peut-être dans le désir de le faire revivre… Ou de se rappeler Walig, qui sait…

— C'est drôle, dit subitement WaNdo. Je n'arrête pas de penser à WaNguira. Mais il n'y a que la mer autour de nous, n'est-ce pas?

— Ne t'en fais pas, répondit Gaïg. Si WaNguira avait été là, tu le saurais.

Puis après un moment, elle ajouta :

— Moi, il m'impressionne un peu. On dirait qu'il lit dans les pensées des gens. Ou qu'il sait des choses…

— C'est sans aucun doute un grand prêtre très puissant, commenta WaNdo.

— Pourquoi n'a-t-il pas retrouvé les Kikongos, alors?

— La présence de la mer, je suppose. L'eau n'a jamais été l'alliée des Nains. Notre déesse, c'est Mama Mandombé, qui a pour royaume les profondeurs de la terre.

Puis il continua, sous le regard étonné d'AtaEnsic qui agitait de plus en plus nerveusement les oreilles au fil de la narration :

— Le frère de Mama Mandombé, c'est Olokun, l'Esprit de l'Eau. Ce sont les parents de Yémanjah. Ils sont frère et sœur, mais chez les dieux, ce n'est pas gênant pour se reproduire : c'est l'union des deux principes divins, mâle et femelle, qui engendre une nouvelle descendance.

« Olokun et Mama Mandombé aimaient beaucoup Yémanjah et chacun voulait la garder avec soi. Ils se sont disputés et Mama Mandombé s'est enfoncée dans l'épaisseur du sol avec sa fille. Olokun, pour se venger, a liquéfié la roche pour qu'elle coule comme du feu liquide, et a enlevé Yémanjah.

« Puis il l'a transformée pour qu'elle ne puisse plus vivre sur terre : c'est pourquoi on dit que Yémanjah est la première Sirène. Ce sont les anciens Nains, ceux du Commencement, qui l'ont surnommée la *Mère-dont-les-enfants-sont-des-poissons*.

« Olokun n'en a pas été très fier après, mais c'était trop tard : les Nains ont dû quitter Sangoulé à cause du volcanisme qu'il avait provoqué. Pour se faire pardonner, il a promis une autre terre pour les enfants de Mama Mandombé. Sha Bin a prédit qu'une descendante de Yémanjah trouverait cette nouvelle terre.

« En gros, c'est ce que raconte l'histoire. Et nous, nous attendons cette descendante. »

Gaïg prêtait une oreille complaisante à la narration de WaNdo, mais n'y répondait pas

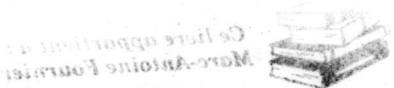

plus que ça : elle avait ses propres soucis et la mythologie naine, pour intéressante qu'elle fût, n'apportait pas de solution à ses problèmes personnels.

Le grand prêtre aveugle écoutait attentivement, à l'affût d'une réaction. Comme rien ne se passait, il se replongea dans ses pensées lui aussi. Il aurait aimé retrouver WaNguira et lui raconter ce que lui avait appris la Pierre des voyages de Gaïg.

2

Une certaine effervescence régnait parmi les Sirènes. Iolani, la Sirène mâle de la Lignée sacrée, avait quitté son repaire!

Ce repaire n'était connu de toutes que depuis peu, grâce au sauvetage de Gaïg et de ses compagnons par Aroha et Tahitoa, les deux Sirènes que Gaïg avait surnommées la Farouche et la Courageuse. Elles avaient fini par tout dévoiler de leurs découvertes et de la grotte envahie par la mer dans la petite île de Poerava[1], tristement baptisée Sondja par les Kikongos, la *Terre-du-désespoir-absolu*. Cette grotte que Iolani avait faite sienne et dans laquelle il s'était retiré, riche de sa victoire si chèrement remportée...

D'habitude, les Sirènes n'évoluaient guère dans cette partie de la mer d'Okan, tant à

---

1. Prononcer « Po-é-ra-va ».

cause du volcanisme que de sa fréquentation par les Hommes.

Les séismes y étaient fréquents et avaient déjà provoqué des raz-de-marée dans le passé. Les Sirènes redoutaient autant ces derniers – le danger présenté par la vague qui pouvait les emporter et les abandonner en pleine terre était indéniable – que les failles sous-marines : il arrivait que le fond de la mer s'ouvre, laissant échapper la roche liquide directement dans l'eau. Le débit de la lave était parfois important et la température augmentait rapidement. Dans ces cas-là, il valait mieux quitter les lieux le plus vite possible.

De plus, les Hommes qui habitaient les villages de la côte avaient développé une activité maritime intense et les bateaux qui sillonnaient cette zone se comptaient en trop grand nombre au goût d'un peuple aussi discret que celui des Sirènes. Celles-ci évoluaient généralement beaucoup plus au large et évitaient de se rapprocher des eaux trop fréquentées par les embarcations, de quelque tonnage qu'elles soient. Et encore moins des terres habitées.

Mais Tahitoa, se sentant depuis longtemps d'humeur exploratrice, avait entraîné son amie Aroha dans un grand voyage de découverte des mers lointaines. La mer d'Okan, qu'elles appelaient l'océan Moana à cause de sa taille, au demeurant largement sous-estimée par les Hommes, ne représentait qu'une étape parmi d'autres dans leur vaste périple.

Tahitoa, intéressée par les curiosités naturelles, examinait la configuration du sol sous-marin, émerveillée : une gigantesque coulée de lave s'était solidifiée en colonnes hexagonales d'une régularité étonnante. La contraction de la lave lors de son refroidissement, immédiatement après son émission, avait créé la fracturation hexagonale en colonnes qui, vues de dessus, donnaient l'impression d'un dallage ou d'un pavement.

Tahitoa avait déjà entendu parler de ce phénomène géologique, mais c'était la première fois qu'elle en avait le résultat sous les yeux. Elle était en train d'étudier la nature de la roche, du basalte à en juger par sa couleur noire, et s'amusait à chercher les colonnes irrégulières, avec quatre, cinq ou sept côtés, quand Aroha l'avait rejointe, toute retournée, et l'avait informée, en utilisant force gestes :

— Il y a une barque avec des passagers, mais ils ont l'air plutôt mal en point. Cela fait un moment que je les observe, ils ne bougent presque plus. Je suppose qu'ils n'ont rien à boire ou à manger, et le soleil n'arrange pas les choses. Ils sont en piteux état. Ils vont sans doute mourir...

Tahitoa avait immédiatement abandonné ses observations morphologiques du fond marin pour aller se rendre compte *de visu* de quoi il en retournait. Les deux amies avaient examiné la barque en détresse, occupée par Gaïg et ses compagnons après que Loki, en quête d'aventure, eut détaché l'amarre sur la rive de la Yoruba.

Elles avaient compris l'infortune de ses occupants. De leur point de vue, une passagère semblait néanmoins supporter l'épreuve un peu mieux que ses camarades et se penchait parfois par-dessus bord, comme pour essayer de voir ce qui se passait dans les profondeurs.

Aroha et Tahitoa s'esquivaient chaque fois prestement, mais elles n'avaient pas pensé que la fille leur tendrait un piège : elle s'était simplement laissée flotter à l'arrière, reliée à la barque par l'amarre. C'est quand elle avait bougé que les deux Sirènes s'étaient rendu compte qu'on les épiait elles aussi.

Tahitoa, la Courageuse, s'était approchée de Gaïg le temps de croiser son regard, de saisir le bref éclat du Nyanga à son doigt, et elle avait disparu dans les profondeurs. Malgré l'insistance d'Aroha qui préconisait à présent un éloignement rapide de ces eaux dangereusement peuplées de créatures terrestres, Tahitoa avait tenu à leur porter secours.

— Cela donnera une belle image de nous aux autres peuples, avait-elle prétendu. Tu vois bien que ce ne sont pas les Hommes habituels. Ils sont tous différents. Il y a même un animal à tête d'hippocampe avec eux... Et comme la fille qui nageait nous a vues, de toute façon...

— Je crois que ça s'appelle un cheval, cet animal. Je ne sais pas si c'est méchant. Peut-être que ça mord...

— Et que ça dévore les Sirènes trop curieuses! Je ne pense pas qu'il soit en état de mordre, ton cheval. Il n'a même plus la force de soutenir sa tête... avait répondu Tahitoa.

Elle avait immédiatement pris les choses en main : d'abord nourrir les malheureux occupants de la barque, ensuite les amener à terre.

— La terre la plus proche, c'est Poerava, avait-elle ajouté. Ce n'est que maintenant que je comprends pourquoi on appelle cette île la Perle noire de l'océan Moana : c'est peut-être à cause de ces sombres colonnes basaltiques sous-marines toutes proches. Elles sont noires comme... comme... comme du basalte! Allez, on va leur chercher de la nourriture, on trouvera bien quelque chose sur la côte. Au fait, ça mange quoi, un cheval?

Aroha avait levé les sourcils et remué la queue en signe d'ignorance, pas très rassurée. Sous l'eau, les Sirènes avaient pour habitude de communiquer par signes, et elles disposaient pour cela de toute une gamme de gestes, plus ou moins expressifs. Elles y joignaient le toucher, surtout pour exprimer l'intensité d'un sentiment ou d'une question. Une forte pression des doigts signifiait une certaine impatience dans l'attente de la réponse, impatience qui augmentait quand la main tout entière prenait le relais et venait presser le bras de l'interlocutrice.

Les sentiments d'amour et d'amitié mettaient en jeu le corps tout entier, et les frotti-frotta n'étaient pas rares, sans que s'y mêlât une quelconque ambiguïté. Dans la mesure où les mâles sirènes ne jouaient leur rôle reproducteur que dans des situations bien précises, il n'y avait aucune raison de refuser la douceur d'un câlin féminin quand le besoin s'en faisait sentir, et les Sirènes se réfugiaient volontiers dans les bras l'une de l'autre, nageoires rabattues et queues entremêlées.

L'assurance dont faisait preuve Tahitoa effrayait parfois Aroha, mais elle suivait vaillamment son amie, poussée par sa propre curiosité. À ce jour, il ne leur était encore rien arrivé de mal, après tout…

Il avait fallu du temps pour aller chercher le manguier de mer qui avait sauvé Gaïg et ses compagnons de l'inanition, puis pour remorquer la barque jusqu'à Poerava.

Après le sauvetage des passagers en détresse, Aroha et Tahitoa avaient soigneusement inspecté les fonds sous-marins entourant l'île. Elles s'étaient rendu compte, au vu des déchets alimentaires propres à ceux de leur race, qu'une Sirène vivait dans les parages. Son esprit aventurier déjà aiguisé par le voyage, Tahitoa s'était lancée dans une exploration discrète mais rigoureuse des alentours afin d'identifier la Sirène solitaire.

À la grande surprise des deux voyageuses, Iolani était alors entré en scène, superbe et hautain, ombrageux et royal, assassin et libre.

3

Flopi saisit sa longue-vue et inspecta soigneusement l'horizon. Puis il considéra le groupe de Nains assis à même le pont de part et d'autre de Macény qui, pour la première fois de toute la traversée, avait retrouvé quelques couleurs. Il était visible qu'elle allait mieux.

Il discuta un court instant avec les marins qui l'entouraient, et échangea quelques signes cabalistiques avec ceux de la seconde goélette. Puis il s'approcha de Mukutu et ses compagnons :

— Il pourrait bien s'agir de l'île que vous cherchez. Notre tactique consiste à en faire le tour en allant dans le sens inverse de l'autre goélette. Ainsi, nous pourrons faire le point sur ce que chacun aura vu.

« Ensuite, nous allons tenter d'y aborder, ne serait-ce que pour découvrir ce qui s'y cache.

Nous arrivons par le nord et nous ne risquons rien pour le moment. Je sais qu'il y a une plage à l'ouest, avec des constructions, mais nous n'y accosterons pas dans l'immédiat, sans savoir ce qui nous attend : ce serait trop dangereux. »

Il se tut, comme s'il attendait une réponse qui ne vint pas. Les Nains étaient décontenancés par cette approche maritime, inhabituelle pour eux, et ils s'en remettaient entièrement aux Floups puisque Flopi s'était engagé à les aider. D'être si près de la vérité les paralysait : ils mouraient du désir de savoir, tout en redoutant la réalité. Est-ce qu'il y avait des Kikongos sur cette île? Est-ce qu'ils étaient réellement réduits en esclavage?

WaNguira réalisa le premier qu'il faudrait peut-être livrer bataille pour délivrer ses frères. Il n'avait guère pensé à cette éventualité jusque-là, tellement il était obnubilé par la seule idée des Kikongos survivants. Il attendit que la même idée naisse dans l'esprit de Mukutu, mais comme rien ne venait, il se décida à prendre la parole :

— Nous savons que vous agirez pour le mieux, capitaine Flopi. Nous vous sommes déjà profondément reconnaissants d'avoir accepté de nous amener jusqu'ici. Mais ce n'est pas la peine de risquer la vie des vôtres. Débarquez-nous n'importe où sur l'île, nous

nous débrouillerons pour en savoir plus, et, le cas échéant, pour libérer nos frères prisonniers. Ensuite, vous pourrez revenir nous chercher.

— C'est une longue histoire qui lie les Floups et les Hommes, répondit Flopi avec vivacité. Si vos frères sont, comme vous le dites, réduits en esclavage par des Hommes, les Floups seront solidaires jusqu'au bout.

Comme pour l'appuyer dans ses dires, un groupe de marins s'approcha de lui, l'air décidé. Visiblement, dès qu'il s'agissait des Hommes, les Floups étaient prêts à partir en guerre. WaNguira s'inclina.

— Nous vous r'mercions pour cette solidarité, dit Mukutu, sortant de sa passivité. En r'tour, considérez qu'les Lisimbahs sont désormais les obligés des Floups et ont une dette envers eux. Les Kikongos égal'ment, si jamais il y en a sur l'île qu'nous voyons là. J'm'engage en leur nom.

L'engagement n'était pas pris à la légère, les Nains le savaient. Ceux de la tribu des Lisimbahs, à savoir Babah, WaNguira, Afo, Keyah et Macény, s'avancèrent immédiatement afin de soutenir Mukutu dans ses paroles.

— Parole de Nain, parole d'honneur, formulèrent-ils tous avec un bel ensemble.

Flopi se pencha en avant en signe d'acceptation, mais ne dit rien.

— Peut-être que nous n'aurons pas besoin de verser le sang, qui sait? ajouta WaNguira, avec une sagesse pacifiste.

L'entrevue étant terminée, les Floups se disséminèrent immédiatement sur le pont. Les Nains considéraient avec une avidité teintée d'anxiété la terre qui se rapprochait. Que leur réservait-elle comme mauvaise surprise?

La deuxième goélette s'éloignait déjà de la leur afin de passer à l'ouest de l'île. Eux la contourneraient par l'est.

Les Floups étaient agités : ils parcouraient le pont en tous sens, saisissaient une longue-vue avec laquelle ils examinaient rapidement la côte, la reposaient, vérifiaient leurs armes, engageaient un combat fictif pendant lequel ils adoptaient quelques postures dansantes tout en échangeant quelques coups de pied et en enchaînant les roues à une vitesse incroyable.

Les Nains avaient du mal à décomposer les mouvements. Ils avaient réussi à analyser le pas de base de la florinette, que les Floups leur avaient dit s'appeler la « ginga », mais ça s'arrêtait là : les petits bonshommes basanés allaient beaucoup trop vite.

Afo se décida à essayer une longue-vue : elle fut étonnée par sa puissance de rapprochement.

— Hé, mais on voit l'île de près, dans cette chose! s'exclama-t-elle.

Il n'en fallut pas plus pour que ses compagnons suivent son exemple et saisissent un instrument auquel ils accolèrent un œil curieux. Pendant un moment, les exclamations de surprise fusèrent. Les Floups s'amusaient de l'étonnement des Nains.

— M'est avis qu'on voit comme si on y était ! s'écria Mukutu.

— Et il n'y a personne sur cette île, apparemment, ajouta Macény, anxieuse et déçue.

Ses compagnons la regardèrent, pleins de compréhension. Elle espérait beaucoup de ce voyage et l'attente devenait plus pénible au fur et à mesure qu'on se rapprochait. D'autant plus qu'on n'était sûr de rien : après tout, en organisant cette expédition, WaNguira avait accordé foi aux dires d'un Salamandar, pensaient-ils tous. Jusqu'à quel point ce dernier était-il digne de confiance, seul l'avenir le dirait.

— C'est un peu tôt pour trancher, intervint Flopi, coiffé de son superbe tricorne améthyste. Cette île est apparemment déserte, mais il y a des habitations sur la côte ouest. Nous n'y sommes pas encore, puisque nous avons choisi de passer par l'est. Les autres nous diront ce qu'ils ont vu quand on les croisera au sud. Mais ne vous étonnez pas si ça semble inoccupé : nous n'y avons jamais vu foule. Tout au plus quelques Hommes. L'ouest est la seule partie de l'île qui soit peuplée, je pense. Le reste est à l'état sauvage.

— Vous n'y avez jamais accosté? interrogea WaNguira. Même par curiosité?

— Si. Dans le passé. Il y a assez longtemps. Sur la côte est, qui est inhabitée. Nous n'avions rien remarqué de bizarre à l'époque. Les habitations étaient déjà construites dans la baie de l'ouest. Mais nos relations avec les Hommes sont très tendues, nous évitons ces derniers au maximum…

— Sauf sur mer! intervint un Floup au visage couvert de tatouages, répondant au nom de Plofi. Hé, dans ces cas-là, nous nous rapprochons volontiers d'eux…

Les Nains sursautèrent : il était rare qu'un Floup autre que Flopi participât à la conversation. Excepté Plofi qui, indifférent à la réaction suscitée par son propos, scrutait l'île en arborant un sourire vorace et vengeur.

Plofi était un conteur-né et adorait raconter des histoires, effrayantes pour la plupart. Une longue bande de tissu rose clair très fin lui ceinturait plusieurs fois la taille, retenant son pantalon violine aux jambes effrangées, tandis qu'une autre bande tout aussi longue du même tissu lui ceignait la tête de nombreux tours en réussissant le tour de force de laisser ses oreilles libres de se mouvoir.

Afo et Keyah échangèrent un regard et retinrent un sourire. Elles s'étaient plu à observer les mœurs des Floups et en avaient longuement discuté entre elles. Malgré leur légendaire férocité, ces « petits bonshommes » les amusaient, sans doute parce qu'elles ne les avaient pas encore vus à l'œuvre.

Rien que leurs prénoms les égayaient : ils se ressemblaient tous. Comment différencier Flopi de Plofi, Flup de Flip ou de Flap? Plafi, Plofu, Plifo, Polaf et Falop formaient un joyeux brouillamini dans leur esprit, et Pafou les enchantait. Par la suite, elles avaient été soulagées de découvrir une Trompe, qui était la seule fille floupe à bord. Autrement, les occupants des bateaux étaient de sexe mâle.

Trompe constituait une exception. Elle était la fille chérie de Falop, qui avait dû l'élever seul, son épouse étant morte en couches en donnant le jour à des jumeaux. Falop avait catégoriquement refusé de confier ses enfants à une mère adoptive, et les avaient emmenés avec lui sur le bateau.

Au début, ses compagnons s'étaient montrés réticents : non parce que ça pouvait être dangereux pour les bébés mais parce qu'une femme sur un bateau, ça portait malheur. Cependant les bébés floups avaient vite conquis le cœur de ces marins éloignés de leur famille, et la fille était devenue leur mascotte quand son frère avait été enlevé par les Hommes à l'âge de cinq ans.

Afo et Keyah avaient écouté avec attention l'histoire de Trompe racontée par elle-même et avaient même posé des questions. Elles trouvaient les Floups plutôt charmants, vifs et actifs, amusants dans la tonalité mauve de leurs habits, mais avaient été surprises par la rapidité avec laquelle ils se mettaient sur le pied de guerre.

Maintenant qu'elles les avaient un peu fréquentés, elles avaient du mal à imaginer ces petits personnages remuants en pirates sauvages et sanguinaires, avides de tuer et de massacrer. Mais elles n'étaient pas assez naïves pour croire à une réputation injustifiée : les Nains avaient simplement la chance de ne pas être les ennemis des Floups. Et si elles avaient encore des doutes, les cicatrices qui ornaient le corps de ces derniers les levaient…

La goélette avait changé de cap afin de se rapprocher de la côte. Puisque cette partie de l'île était inhabitée, on ne risquait pas grand-chose. Macény inspectait le littoral avec avidité : elle monopolisait une longue-vue pour son seul usage. S'il n'avait tenu qu'à elle, elle aurait déjà débarqué et parcouru la moitié de l'île en appelant Do.

Le voyage se poursuivit tranquillement jusqu'à ce que la seconde goélette apparaisse à l'horizon. Les Floups manœuvrèrent pour la croiser au plus près afin de pouvoir échanger des informations.

— Vous communiquez toujours par gestes? demanda Afo à Flopi.

— Le plus souvent possible. Surtout quand il n'y a rien à signaler. Ou quand la situation est urgente et qu'il faut vite prendre une décision. C'est rapide et efficace. Sinon, il nous faudrait jeter l'ancre et mettre une barque à la mer. Nous avons des porte-voix, mais ce n'est pas très pratique puisque l'ennemi entend aussi ce que nous disons.

Quand les deux bâtiments furent presque à la même hauteur débuta une conversation par gestes. Tous les Floups étaient réunis sur le pont de chaque bateau, et déchiffraient les mouvements des capitaines qui s'exprimaient à tour de rôle. Ensuite, ce fut une joyeuse pagaille pendant laquelle tous se manifestèrent en même temps.

Les Nains avaient d'autant plus de mal à suivre la « conversation » que tout se déroula très vite, juste le temps que les embarcations se croisent. Ils ouvraient des yeux ronds, essayant désespérément de comprendre. Mais les signes échangés demeuraient obscurs pour les non-initiés. Seul WaNguira essayait secrètement de saisir ce qui se disait, la main dans une poche serrant sa Pierre des voyages. Il fut rassuré : aucune « parole » malveillante à leur égard ne fut échangée…

Finalement, Flopi se tourna vers eux :

— Rien à signaler. L'île semble plus déserte que jamais. Ils sont passés assez près de la côte, il n'ont vu personne. Il n'y a même plus de bateau dans la baie, seulement une barcasse de rien du tout. Peut-être que nous pourrons accoster, après tout…

Il fallut le temps de doubler l'île par le sud avant de remonter vers le nord par l'ouest. Les Nains, si placides d'habitude, sentaient monter en eux un sentiment d'impatience. L'intuition selon laquelle les Kikongos étaient proches grandissait chez WaNguira.

Au bout de ce qui parut une éternité, Flopi signala un promontoire :

— La baie se trouve derrière ce cap, annonça-t-il. Nous allons nous rapprocher de la plage le plus possible. Attention, on ne sait jamais : il vaut mieux vous mettre à l'abri, même si vous restez sur le pont.

Les Floups avaient décidé de passer assez près des habitations : après tout, ils n'avaient pas peur des Hommes ! Un peu de provocation pimenterait cette navigation trop calme : on était venus pour se battre, finalement, on le savait dès le départ…

Les Nains se sentaient prêts pour le combat également : ce n'étaient pas des froussards, et s'il fallait livrer bataille pour délivrer leur frères, ils se lanceraient vaillamment dans la mêlée.

Le temps se mit à s'écouler rapidement pour tout le monde, et les premières habitations apparurent. Mais pas âme qui vive. La goélette passa devant le village, louvoya dans la baie, et finit par jeter l'ancre.

— Soit c'est inhabité, soit c'est un piège : ils sont tous cachés et ils attendent qu'on aborde pour attaquer.

C'était Flopi qui parlait, une lorgnette plaquée sur l'œil, le corps protégé par le mât d'artimon. Ses amis se déplaçaient très près du sol, en profitant de l'abri offert par les cordages, les gréements, les voiles, les tonneaux, et par tout ce qui pouvait servir de bouclier.

Autant ils s'étaient exposés quand ils avaient croisé l'embarcation au petit matin dans le lointain, autant ils se montraient prudents maintenant qu'ils étaient proches. Ils faisaient penser à des félins à l'affût, prêts à se jeter sur la première proie qui passerait.

Cependant aucun signe de vie n'apparaissait sur la côte.

— Nous patienterons le temps qu'il faudra, annonça Flopi. Ceux de l'autre goélette accosteront discrètement à l'est pendant que nous attirons l'attention ici. Si la voie est libre, ils devraient pouvoir rejoindre ce village. Auquel cas, nous pourrons débarquer sans risque. En attendant, surveillons les habitations. Peut-être qu'ils se montreront les premiers…

Le dernier conseil était inutile : tous les regards étaient braqués sur la côte, avec ou sans lorgnette.

WaNguira seul avait fermé les yeux : depuis que l'île était en vue, il essayait d'établir une communication par la pensée avec WaNdo qui, selon Maïalen, la Salamandar, aurait succédé à WaNgolo comme grand prêtre des Kikongos.

4

Au repas du soir, Pilaf avait été catégorique : il lui fallait absolument trouver un équipage floup. Donc rejoindre une île appartenant aux Floups, et voir parmi ces derniers s'il y en avait qui accepteraient de s'embarquer avec lui. Après seulement, il pourrait rapatrier les passagers qu'il persistait à considérer comme ses prisonniers.

Gaïg n'avait pu s'empêcher de lui faire remarquer, avec une certaine logique, qu'il semblait avoir autant besoin d'eux qu'eux de lui. Le jeune Floup, pour prouver son indépendance à Gaïg, avait mis le navire en panne pour la nuit. Il s'était contenté de choquer les écoutes et de laisser la bôme s'orienter dans le sens du vent; l'embarcation avait alors cessé d'avancer.

— Il y a tout le temps des bateaux dans les parages, avait-il expliqué à Gaïg. Je peux rester ainsi aussi longtemps qu'il le faudra, il y en aura toujours un qui s'approchera pour voir de quoi il en retourne sur ce bâtiment. Et si ce sont mes amis, peut-être qu'ils te couperont la tête, avait-il ajouté posément.

Gaïg avait haussé les épaules : ce petit pirate plein d'audace ne l'impressionnait pas. Mais les autres étaient intervenus pour la défendre, y compris Loki, à sa grande surprise :

— Hé, mais on y tient, nous, à notre Gaïg! Il n'est pas question de toucher à un cheveu de sa tête! Sinon, c'est la mutinerie assurée, capitaine. Hé! hé! je suis ton prisonnier, mais quand même...

Winifrid, si calme d'habitude, avait bondi en même temps qu'AtaEnsic, et toutes les deux s'étaient placées devant Gaïg, formant une barrière de leurs corps pour la protéger. La Dryade avait même abandonné le sawyl, sa langue natale, pour être sûre de se faire comprendre :

— Là, tu exagères, Pilaf. Ne crois pas que nous te laisserons faire si facilement. Nous la défendrons!

— Si tu t'approches d'elle, je te mords! avait proféré Dikélédi d'une voix menaçante qui ne laissait aucun doute sur ses intentions.

— Gaïg est très importante pour nous, Pilaf, avait expliqué WaNdo d'un ton plus posé.

Nous ne voudrions pas qu'il lui arrive quoi que ce soit de malheureux, tu comprends? Et puis, il y a déjà eu assez de morts comme ça, il faut arrêter.

Pilaf avait été aussi surpris que Gaïg par cette levée générale de boucliers. Il l'avait dévisagée avec étonnement.

— C'est vrai qu'elle est bizarre, avait-il dit lentement. Elle n'appartient pas tout à fait à la race des Hommes.

Il la considérait, l'air songeur.

— Je l'ai vue quand elle se baignait hier soir, pendant que vous dormiez. Elle nage bien. Elle peut rester longtemps sous l'eau sans respirer. Il y avait une vieille Sirène toute laide qui la regardait mais elle a disparu quand elle m'a vu. C'est rare, de voir une Sirène…

— Une Sirène? Il y avait une Sirène qui me regardait? avait demandé Gaïg, interloquée, pendant que ses compagnons se tournaient vers elle, interrogateurs eux aussi.

— *Tu t'es baignée?* l'avait questionnée Winifrid. *Mais c'est dangereux, Gaïg, très dangereux.*

— Mais pourquoi tu as fait ça? s'était enquise à son tour Dikélédi. On t'avait dit de ne pas te baigner.

S'en était suivi un moment de confusion pendant lequel les questions avaient plu sur Gaïg qui ne répondait à aucune, occupée qu'elle était à consulter Pilaf qui avait fini par se rebiffer :

— Mais j'en sais pas plus, je te dis. Je t'ai surveillée parce que je savais que tu m'avais vu sur le pont et que tu pouvais donner l'alerte, c'est tout. Quant à la Sirène, t'avais qu'à lui demander, toi. Elle te couvait des yeux et en plus, elle était devant toi! J'y peux rien, si t'es aveugle dans l'eau la nuit!

Gaïg se tut, secrètement désolée. Une fois de plus, la chance lui était passée sous le nez. Depuis le temps qu'elle essayait d'entrer en contact avec ces habitantes des mers... Et là, était-ce la même Sirène que celle qui lui rendait visite au village autrefois? Peut-être...

Elle se promit d'être plus vigilante la prochaine fois. En attendant, elle ne comprenait pas l'acharnement de ses compagnons à lui interdire l'accès à la mer. Dire qu'elle avait l'intention d'y retourner le soir même... S'ils savaient...

Mais lesdits compagnons, connaissant l'attirance de Gaïg pour l'élément marin, se méfiaient : ils s'installèrent tout autour d'elle pour dormir. Ce qui ne l'empêcha pas d'enjamber leurs corps au plus fort de la nuit et de descendre le long de l'échelle à l'arrière du bateau avant de se laisser glisser silencieusement dans l'eau.

Elle se demanda si Pilaf l'avait vue : il tenait trop à son bateau pour dormir profondément, d'autant plus qu'il l'avait mis en panne. Mais elle avait l'intuition qu'il se tairait s'il la voyait se baigner. Et puis, peut-être qu'il ne s'était rendu compte de rien...

Elle aurait aimé savoir pourquoi il avait prétendu qu'elle n'était pas tout à fait humaine. Était-elle si différente des autres? Il était évident qu'elle ne pouvait se comparer à ses compagnons, puisque eux-mêmes n'appartenaient pas à la race des Hommes.

Mais si elle cherchait dans les souvenirs de sa vie au village, elle se rappelait bien qu'on l'accusait de singularité sans qu'elle-même pût bien comprendre sur quoi reposait cette accusation. Oui, certes, de petites membranes de peau reliaient ses doigts entre eux, ainsi que ses orteils. Mais qui d'autre le savait? Elle était un peu grassouillette, aussi, indubitablement. Et puis...

Flûte! Elle n'allait pas recommencer à dresser l'inventaire de tout ce qui clochait chez elle, parce qu'un petit sacripant de Floup avait jugé qu'elle était « bizarre ». Nihassah lui avait assez répété de ne pas se comparer aux autres enfants, qu'elle valait bien mieux qu'eux tous. Gaïg plongea pour laver son esprit de ces pensées négatives, et demeura longtemps sous l'eau.

Au bout d'un moment, elle sentit que la tête lui tournait légèrement, mais peu lui importait. Pour conjurer la colère qui sourdait en elle, il lui fallait découvrir du nouveau, vivre des expériences originales, tester ses limites. Rester immergée en faisait partie. Même si elle devait en mourir. Ou devenir folle. Ou… n'importe quoi!

Elle trouva même qu'elle avait les idées assez claires : peut-être que la composition de son corps changeait quand il était dans l'eau! Sans réfléchir, Gaïg prit une longue inspiration. L'eau lui entra dans les narines et elle ouvrit machinalement la bouche pour la laisser sortir. Au moment où elle se rendait compte de son erreur, elle ressentit une brûlure profonde qui lui monta au cerveau. Voilà qu'elle se mettait à respirer sous l'eau, à présent!

Elle s'apprêtait à remonter à la surface, s'attendant à tousser et à étouffer, mais rien ne se passa. Son besoin d'air était devenu moins pressant. Puis la pensée de TsohaNoaï jaillit dans son esprit, en même temps que ses paroles. La Reine des Licornes avait dit : « Je te fais le don de l'air, c'est un cadeau », Gaïg s'en souvenait maintenant.

Quelque chose la poussait à recommencer, mais la crainte avait fait son apparition et l'en empêchait. Elle n'était pas un poisson, elle ne pouvait pas vivre sous l'eau et y respirer. C'était tout simplement impossible. Et c'était douloureux, de surcroît.

Mais comme toujours chez Gaïg, la curiosité l'emportait quand il s'agissait de la mer. Elle inspira encore, tout doucement cette fois, et ouvrit la bouche pour relâcher l'eau : une douleur fulgurante, décuplée par l'appréhension, lui vrilla l'intérieur du crâne. Mais le fait est qu'elle avait bel et bien l'impression de respirer. Pouvait-on appeler cela « respirer », d'ailleurs ? Et qu'est-ce que la Reine des Licornes avait voulu dire par ses paroles ?

Gaïg n'en doutait plus maintenant, elle était convaincue de sa capacité à survivre sous l'eau. Il lui suffisait de s'entraîner, et surtout de chasser l'anxiété. Elle inspira plusieurs fois de suite, s'appliquant à relâcher l'eau tout doucement par la bouche.

Plus elle allait lentement, mieux ça marchait. Sa grande ennemie, c'était la crainte, dictée par la raison. Si elle pensait la chose impossible, le processus devenait effectivement quasi insupportable, tellement il était douloureux. Si elle l'accomplissait naturellement, sans se poser de questions, elle souffrait nettement moins.

Ébahie par sa découverte, Gaïg s'appliquait consciencieusement. Elle n'était jamais demeurée aussi longtemps sous la surface. Elle étudiait le phénomène, se livrant à diverses expériences, cherchant la meilleure méthode.

En même temps, elle réfléchissait intensément : comment ne s'était-elle rendu compte de rien auparavant ? Pourquoi n'avait-elle jamais essayé ? Peut-être qu'elle avait essayé, d'ailleurs, sans réussir. Auquel cas, elle ne s'en souvenait pas...

Et si c'était vrai, qu'elle n'était pas humaine ? On le lui avait déjà tellement répété... Mais qu'était-elle, alors ? Elle n'avait ni les écailles ni les nageoires d'un poisson, pourtant. Ou alors, c'était le présent de TsohaNoaï : le « don de l'air » signifiait peut-être la capacité de maîtriser cet élément en des lieux inhabituels...

En tout cas, si elle rencontrait une Sirène, elle l'aborderait sans crainte, puisqu'elle pourrait demeurer sous l'eau aussi longtemps que nécessaire. Même une Sirène mâle, si impressionnante fût-elle...

Gaïg sursauta. La mémoire lui revenait d'un seul coup. La Sirène mâle dans le bassin, Thioro, le lac souterrain, Txabi lui offrant un anneau en Nyanga, le mal de tête épouvantable qui s'en était suivi, les arbres lui bouchant la voie, AtaEnsic surgissant au galop.

Elle supposa qu'elle s'était évanouie ensuite, puisqu'elle ne se rappelait plus ce qui s'était passé. On lui avait raconté l'échange de sang avec Winifrid, pour qu'elle oublie. Oublier quoi?

AtaEnsic avait parlé d'un objet qui permettait de la localiser, elle. Si elle n'y pensait pas, on ne pouvait pas le faire. Quel était cet objet auquel elle ne devait pas penser? Le cadeau de Txabi, bien sûr!

Elle regarda sa main : elle n'avait pas rêvé, il y avait bien un anneau de plus à son doigt. Qui brillait intensément malgré l'obscurité. Où le Salamandar l'avait-il pris? L'avait-il subtilisé à la Sirène mâle? Ce serait donc Txabi, l'« ennemi »?

Non, ce n'était pas possible… WaNdo avait bien dit qu'il s'agissait de « Nyanga noir », du Nyanga volé à son propriétaire. Mais il avait précisé « Personne ici n'a volé de Nyanga », Gaïg en était sûre. Donc Txabi ne pouvait endosser le titre de malfaiteur.

Elle se rappela les tableaux que le chêne lui avait présentés, avec la Sirène mâle poursuivant et attaquant la Sirène femelle enceinte. Ce serait donc lui, le voleur? Et lui également, l'esprit qui lui faisait tellement mal en tentant de pénétrer le sien? Peut-être parce qu'il désirait à tout prix récupérer l'objet dérobé…

Et s'il la trouvait et qu'il l'attaquait pour reprendre son bien? Parce que, si son raisonnement à elle était juste, il pouvait la localiser, maintenant. Il fallait absolument qu'elle arrête de penser à la bague.

Mais pourquoi ne ressentait-elle plus aucune douleur? Et pourquoi la mémoire lui était-elle brusquement revenue? Grâce à sa « respiration » sous l'eau? Peut-être que cette dernière lui avait fait retrouver sa véritable nature, en neutralisant les effets de l'échange de sang avec Winifrid…

Gaïg sentit une force toute neuve l'envahir. Qu'il approche, ce mâle qui tuait les Sirènes enceintes, elle saurait le recevoir! Elle avait repoussé les Vodianoïs, ce n'était pas lui qui allait l'intimider.

Elle revoyait les dards hérissés le long de ses bras, elle devinait qu'ils étaient venimeux mais elle se sentait invincible : la preuve, jamais elle n'était restée aussi longtemps sous l'eau. Et maintenant, surgie de nulle part, elle entendait cette petite musique marine qu'elle aimait tant mais dont elle ne maîtrisait pas la venue.

Les pensées défilaient dans son esprit mais cette fois, aucune migraine ne se faisait sentir. En tout cas, la réalité était là, fort plaisante au demeurant : elle savait respirer sous l'eau.

Elle était descendue dans la mer en pleine nuit et depuis, le jour avait eu le temps de se lever, à en juger par la couleur claire dans laquelle elle baignait maintenant; pendant tout ce temps, elle n'était pas remontée une seule fois à la surface.

Gaïg regarda au-dessus d'elle et, tout à coup, elle frémit : où se trouvait le bateau? Elle cherchait à apercevoir sa coque, sans succès. Comment avait-elle pu s'éloigner autant?

5

Iolani avait disparu de la circulation quand il avait été mis au ban de la société des Sirènes, il y avait de cela une dizaine d'années. On l'apercevait de temps en temps, rarement, à vrai dire, quand il faisait une brève apparition, mais comme personne n'éprouvait le désir de fréquenter ce monstre criminel ou d'en apprendre davantage sur lui, on l'ignorait ostensiblement.

Même s'il n'avait pas pu être condamné à mort – pour l'unique raison qu'il était le seul représentant mâle alors en vie de la Lignée sacrée –, toutes les Sirènes le tenaient pour responsable de la disparition prématurée d'Heïa[1] qu'il avait blessée et poursuivie jusqu'à épuisement. Heïa, de la Lignée sacrée elle aussi, destinée à devenir leur reine quand, selon la

---

1. Prononcer « Hé-ya ».

Tradition, Vaïmana l'Ancienne, sa mère, lui passerait les rênes du pouvoir... Heïa qui, toujours selon la Tradition, transmettrait ensuite la souveraineté à la fille qu'elle portait alors en son sein...

En effet, c'était une longue histoire que celle des Sirènes, qui remontait aux temps du Commencement, ceux d'avant la Lignée sacrée. Une histoire qui expliquait comment était apparue la Tradition, cette Tradition qui donnait aux femmes sirènes un pouvoir qu'elles se transmettaient de génération en génération, de mère en fille, de grand-mère en petite-fille...

Au Commencement, il y avait l'Esprit de l'Eau et l'Esprit de la Terre. Olokun et Mama Mandombé, selon la terminologie naine. L'Esprit de l'Eau avait fécondé l'Esprit de la Terre, et Yémanjah, fruit de cette union, était apparue. Fille de la Terre et de l'Eau, elle portait en elle les deux principes.

Cette mixité fut à l'origine de la première dispute. Parce que, aucune hérédité ne l'emportant sur l'autre, chacun des parents voulait la garder avec soi.

Mama Mandombé, pour échapper au harcèlement d'Olokun, s'était réfugiée dans les profondeurs insondables de la Terre en compagnie de ses cinq enfants mâles – qui devaient être à l'origine des cinq tribus de Nains – et de Yémanjah. Olokun avait vu rouge. Il avait liquéfié la roche afin de les faire sortir. Pour cela, il avait eu recours au Feu, qu'il avait ensuite éteint avec l'Eau.

Il avait alors enlevé Yémanjah à sa mère, et l'avait emportée avec lui, sous l'eau, la transformant physiquement pour qu'elle ne puisse plus vivre sur la terre ferme : il avait laissé la moitié supérieure du corps telle quelle, et il avait soudé les jambes en une queue de poisson, pour bien montrer qu'elle appartenait aux deux éléments, la Terre et l'Eau. Tout en sachant que jamais plus elle n'aurait accès au domaine maternel.

Yémanjah était devenue Otahi, la Première, joliment surnommée par les anciens Nains la *Mère-dont-les-enfants-sont-des-poissons* quand elle avait enfanté les Sirènes, fruit de son union avec son ravisseur. Étant la mère de ses enfants, elle était devenue l'égale d'Olokun.

Mama Mandombé, ulcérée, avait alors proféré une malédiction contre toute la descendance mâle dudit ravisseur, et seulement elle. Les filles de ce dernier n'étaient pas atteintes, mais les fils se montreraient arrogants, batailleurs, jaloux, ambitieux et dominateurs. Avec un tel comportement, ils seraient toujours occupés à se battre, incapables de construire quelque chose de durable.

Mama Mandombé prévoyait que les filles seraient ainsi amenées à gouverner, et qu'une fois établies dans la paix et la stabilité, elles ne renonceraient pas facilement au pouvoir.

Il n'avait pas fallu longtemps pour qu'Otahi, lassée des perpétuelles disputes de ses garçons, appelle sa mère au secours, en cachette d'Olokun, bien entendu. Elle voyait venir le moment où ses propres fils s'entretueraient jusqu'à ce qu'il n'en reste plus qu'un, qui serait le vainqueur assassin de ses frères.

Mama Mandombé avait alors fait don à Otahi de deux bagues en Nyanga et du secret de la *Roche-qui-enfante-les-filles*. Chaque bague était composée de deux anneaux entrelacés, qui semblaient n'en former qu'un quand on l'enfilait. Si on essayait de les séparer, les anneaux formaient un huit mais ne se dissociaient pas pour autant. Tant qu'Otahi et ses filles garderaient les anneaux en leur possession, elles seraient assurées de tenir les rênes du commandement.

À condition de respecter le secret de la *Roche-qui-enfante-les-filles* et de ne jamais révéler son existence aux Sirènes mâles. Les bijoux étaient là justement pour détourner leur attention.

Otahi avait accepté les dons maternels, sans doute désireuse de punir un peu son père, responsable de son enlèvement et de sa métamorphose. Elle avait immédiatement enfilé les deux bagues, une à chaque annulaire. Elle pensait intuitivement que le moment n'était pas encore venu de les transmettre à ses filles. Plus tard, elle le ferait.

C'est à partir de ce moment que les naissances de mâles avaient décru, grâce au secret de la *Roche-qui-enfante-les-filles*. Une période calme s'était installée. Les Sirènes se reproduisaient, mais, enfantant surtout des filles, elles établissaient une majorité féminine qui engendrait un matriarcat florissant.

Les mâles sirènes, préoccupés par leur propre rivalité, s'étaient retrouvés en marge du pouvoir, peu à peu dévolus au seul rôle de géniteurs. Bien que ne pouvant se passer d'eux pour la reproduction, les femmes sirènes considéraient la filiation par la mère comme la seule valable, puisque susceptible d'être prouvée, une naissance se déroulant toujours devant de nombreux témoins.

La parturiente transmettait alors à son enfant son nom et son histoire et il n'y avait de parenté qu'utérine, de généalogie que féminine. La Tradition était née, tout partait de la femme, tout aboutissait à la femme, et les choses allaient pour le mieux dans le meilleur des mondes possibles.

Profitant de cette atmosphère de paix et de sérénité, Mama Mandombé avait demandé réparation à Olokun. Elle avait réclamé une terre pour ses Nains, prise sur son domaine à lui, les Eaux. Puisqu'il avait rendu les profondeurs de la Terre inhabitables à cause du volcanisme, ce n'était que justice : les Dieux ne peuvent détruire sans construire, il fallait qu'il répare.

Olokun avait accepté, à une condition : qu'Otahi lui donne un enfant, un mâle, le dernier, dont la lignée serait sacrée. La fille-épouse avait consenti. Mais sachant le destin sacré de cette lignée, elle avait engendré des jumeaux. Elle avait mis au monde le fils demandé, Emiri[1], en échange d'une terre pour les Nains, et avait gardé la fille dans son ventre.

Olokun avait immédiatement pris son fils avec lui, tout en informant Mama Mandombé qu'il tenait sa promesse : une terre existait, prise sur les Eaux, qui attendait les Nains. Volontairement, sans doute, il n'avait pas précisé où elle se trouvait.

C'est alors que Sha Bin, le *Nain-à-la-peau-claire*, était apparu et avait émis une prophétie à l'intention de Mama Mandombé : ce serait la descendante d'une fille à venir de Yémanjah

---

1. Prononcer « É-mi-ri ».

qui découvrirait cette terre. Les Nains pourraient s'installer là où cette fille, qui, comme Yémanjah, réunirait la Terre et l'Eau, conduirait la *Fille-de-toutes-les-Dryades*.

Olokun, ravi de la prophétie de Sha Bin, dont il était si facile d'empêcher la réalisation, avait immédiatement décidé de ne plus féconder Yémanjah-Otahi. Mais c'était sans compter sur la ruse de cette dernière : la *Mère-dont-les-enfants-sont-des-poissons* avait donné le jour à Amata, la fille jumelle qu'elle avait gardée jusqu'alors dans son ventre, de la Lignée sacrée elle aussi.

Afin de protéger Amata et sa descendance, Otahi lui avait passé au doigt un des deux anneaux doubles, tout en gardant l'autre. Ce dernier reviendrait ensuite à la fille d'Amata, sa petite-fille.

Ainsi était née la Lignée sacrée, qui avait consacré la souveraineté accordée aux femmes sirènes par Mama Mandombé à travers le don des anneaux en Nyanga et du secret de la *Roche-qui-enfante-les-filles*.

Avec l'institution de la Lignée sacrée était apparue la matriarche qui portait en elle toute la mémoire de l'espèce, présidait aux cérémonies, et de qui dépendaient les décisions concernant la communauté. Amata devenait la gardienne reconnue de la Tradition, ce matriarcat maintenant précieusement protégé par les femmes sirènes.

Malheureusement, accompagnant la matriarche, s'y opposant, se développait parallèlement un être masculin nouveau – Emiri, le mâle de la Lignée sacrée, qui réclamait sa part de commandement, accompagné de ses semblables. Et la situation avait empiré, tout s'était gâté. Parce que la notion de « patriarche » avait été refusée par les femmes sirènes.

Au fil du temps, les mâles, de plus en plus avides de commander, refusaient de se soumettre à la matriarche, et aux femmes en général.

Ils n'étaient pas malheureux, pourtant, ces représentants du sexe masculin. Les femmes sirènes, justes et sensées, géraient la société pour le bien de tous, y compris le leur. Ils n'avaient aucune obligation, aucun devoir, aucun travail, puisqu'elles prenaient tout en charge, s'occupaient de tout, et réussissaient.

Elles ne leur refusaient même pas leur corps, puisqu'elles continuaient à procréer. Si certains s'accommodaient de cette vie somme toute agréable puisque dénuée de responsabilités, d'autres supportaient mal cet état de fait. Décidés à prendre le pouvoir en créant à leur tour une majorité masculine, ils ne refusaient aucune occasion de procréer, jouant à tout va avec leurs homologues féminines. Les femmes sirènes acceptaient volontiers le jeu, mais curieusement, elles continuaient à mettre au monde beaucoup de filles et, parfois seulement, un mâle.

L'Histoire ne précisait pas qui avait été le premier mâle à établir une relation entre ces naissances résolument féminines et le port des bagues. Mais une fois le lien créé, les mâles sirènes, dans l'ignorance du secret de la *Roche-qui-enfante-les-filles,* n'avaient eu de cesse qu'ils n'entrent en possession d'une des bagues au moins.

Ils avaient demandé l'aide d'Olokun. Ce dernier, conscient que le sort des mâles résultait de la malédiction de Mama Mandombé, avait décidé de gagner ses faveurs, puisqu'elle seule avait le pouvoir d'annuler la malédiction qu'elle avait lancée.

En favorisant la réalisation de la prophétie concernant ses Nains, il entrerait dans ses bonnes grâces et elle se montrerait plus conciliante. De toute façon, il ne pourrait empêcher la prophétie, puisque Yémanjah avait mis au monde la fille annoncée.

Maîtrisant le Temps, il avait bâti l'avenir afin d'aider les Nains de Mama Mandombé. D'autant plus que certains mâles, révoltés, faisaient preuve de violence envers les femmes sirènes, laissant éclater une brutalité qui n'avait d'égale que la lâcheté manifestée en s'enfuyant, une fois leur méfait accompli. Plusieurs générations s'étaient succédé sans que les choses s'améliorent. Elles allaient même de mal en pis.

Il s'en était suivi, pendant des siècles et des siècles, une période de dissensions, de rivalités, de luttes intestines et de guerre ouverte. Qui avaient sans doute conduit Heïa, dernière héritière de la Lignée sacrée, à l'ouverture sur un autre monde, une autre civilisation qu'elle espérait meilleure : celle des Hommes.

6

WaNguira n'obtenait aucune réponse sensée de WaNdo : seule la mer se présentait à lui dans son immensité bleue. C'était la première fois qu'il essayait de communiquer avec l'aveugle par la pensée et le grand prêtre se demandait ce qui pouvait bien gêner l'échange.

La cécité du Kikongo aurait même dû faciliter les choses, en favorisant le développement des autres sens. Peut-être que la mer formait une barrière, puisque c'était elle qui apparaissait, songea-t-il. Mais si près de la côte, tous les deux aussi proches l'un de l'autre, c'était pour le moins étonnant.

Peut-être aussi que son pouvoir diminuait... Non, ce n'était pas ça! Il se sentait en pleine possession de ses moyens, il devait y avoir autre chose. À moins... qu'il n'y ait personne sur l'île!

Mais WaNguira rejeta bien vite cette pensée : tous ces voyages pour rien! Parce qu'il s'était fié aux dires des deux Salamandars... Il avait spontanément confiance en Patxi, mais Maïalen? Après tout, c'était elle qui avait parlé. Et si elle avait inventé tout cela? Mais pas en présence de Patxi, quand même, il ne l'aurait pas laissée faire et aurait rétabli la vérité!

Cela dit, WaNguira ne pouvait expliquer pourquoi il se fiait davantage à l'un qu'à l'autre. Mais les relations entre individus ne reposaient pas toujours sur une base logique, et les sentiments qui créaient les amitiés et les couples échappaient à la raison. Son intuition lui disait que Patxi était différent de Maïalen, mais il n'aurait pu avancer un argument rationnel en faveur de ce point de vue.

Il se sentait plus à l'aise avec lui, il se doutait qu'ils pourraient se comprendre, tous les deux, qu'une amitié pourrait naître, et ça s'arrêtait là. Objectivement, il n'avait aucune raison d'accorder plus de crédit à l'un qu'à l'autre. Et Patxi pouvait se révéler complice de Maïalen dans l'affabulation. C'était un Salamandar, lui aussi. Mais tout de suite, la question du pourquoi surgissait. Quel intérêt auraient-ils eu à avoir inventé cette histoire de Kikongos survivants, esclaves sur une île?

WaNguira soupira. Malgré ses doutes, il avait l'intuition que des Nains se trouvaient là, tout près. Les Kikongos. Il sentait leur présence, leurs vibrations, leurs pensées, leur âme. Il ouvrit les yeux.

Sur le bateau, rien n'avait changé : les autres Nains, dissimulés derrière tout ce qui pouvait servir de protection, avaient les yeux fixés sur la côte. Macény, remplie d'anxiété, le cœur broyé, laissait couler des larmes silencieuses. Afo était blottie contre Bélimbé. Même chose pour Keyah, mais Fé s'était enhardi : il avait passé un bras protecteur autour de ses épaules.

WaNguira ne put s'empêcher de sourire en posant son regard sur Babah et Mukutu : ces deux-là, amis jusque dans leur corps, avaient adopté la même attitude et composaient la même grimace.

Accroupis, les mains prenant appui sur le sol, les yeux mi-clos pour mieux voir, le visage plissé, la bouche ouverte, ils fixaient intensément le rivage, attentifs au moindre mouvement qui se produirait sur le littoral. WaNguira les compara mentalement à deux crapauds à l'affût et s'amusa un bref instant de ce rapprochement animal, puis revint à sa préoccupation du moment : y avait-il ou non des frères sur cette île ?

Le rivage était vide, le village semblait désert, mais tout cela n'était pas significatif. Les Hommes, s'ils maintenaient des Nains en esclavage sur ce bout de terre, avaient tout intérêt à se cacher. Ils laisseraient les occupants du bateau débarquer et les attaqueraient sur leur terrain.

Pourtant, WaNguira ne percevait pas leur présence sur les lieux. En revanche, celle des Kikongos s'imposait de plus en plus, vibrante d'interrogation impatiente. S'ils étaient là, ils devaient se demander quel était ce bateau dont l'équipage ne se montrait pas…

Debout à côté de Flopi, un peu en retrait, à l'abri derrière le mât, WaNguira hésitait une fois de plus, partagé entre son intuition qui affirmait qu'il n'y avait pas de danger et sa raison qui insinuait le contraire. Le temps s'était arrêté.

Le bruit qu'émit l'objet en tombant fit sursauter tout le monde. Il roula un moment sur le pont avant de s'immobiliser à deux pas de WaNguira. C'était le signe espéré par le grand prêtre, attendu par lui.

Il s'avança alors lentement pour ramasser la pièce de cent okous qui contenait l'étoile à quatre branches des Kikongos, échappée de la poche de Mukutu, et qu'il avait reconnue immédiatement grâce à la brillance du Nyanga. Puis il resta tranquillement debout sur le pont, visible de tous, cible parfaite pour d'éventuels tireurs dissimulés dans la végétation de la rive.

Rien ne bougeait, les occupants du bateau retenaient leur souffle, y compris les Floups.

Un court moment se passa, lourd d'une appréhension stupéfaite : ceux qui n'avaient pas identifié l'objet ne saisissaient pas. Fallait-il que WaNguira soit devenu fou, pour s'exposer ainsi?

Il ne fallut pas longtemps pour que Mukutu, qui avait compris, le rejoigne et se campe ostensiblement à ses côtés, visible de la côte lui aussi. Macény suivit et se plaça de l'autre côté de WaNguira.

Les trois Nains se tenaient droits, bien en évidence au milieu du navire, et considéraient le rivage. Il suffisait de trois flèches convenablement tirées pour les faire s'écrouler.

Babah rallia le groupe en même temps qu'Afo et Keyah, immédiatement suivies de Fé et Bélimbé. Huit Nains se trouvaient maintenant sur le pont, bien séparés, chacun représentant une cible privilégiée.

Un des Floups émit doucement un sifflement admiratif et échangea quelques gestes avec les siens, formulant sans le savoir les pensées qui animaient Flopi depuis l'avancée de WaNguira à découvert : les Nains avaient du cran. WaNguira était un brave. Il fallait être courageux pour prendre un tel risque et accepter de mettre sa vie au service de la communauté. Il fallait se montrer solidaire pour le rejoindre.

Flopi conclut que les Nains étaient un peuple noble : il ne regretterait jamais de les avoir aidés, ne serait-ce que pour avoir vécu cet instant qu'il qualifia de « sublime » dans sa tête.

Une silhouette fluette avançait maintenant sur la plage, dérisoire dans son occupation de l'espace. À découvert elle aussi. Une Naine. S'il s'agissait d'un piège de la part des occupants du bateau, elle serait la première victime. Mais voilà que d'autres suivaient…

Flopi et les siens avaient la gorge nouée par l'émotion. Pourquoi un pirate ne pouvait-il pas pleurer?

Ce fut bientôt un groupe, puis la tribu tout entière des Kikongos, ou du moins ce qui en restait, qui se trouva sur la plage. Un silence douloureux enveloppait la scène. D'un côté, on pensait : « C'était donc vrai, WaNguira avait raison, les Kikongos sont vivants, prisonniers sur une île » et de l'autre : « Enfin! Notre supplice est terminé. Mais comment ont-ils su? »

Cependant, la même question surgissait après, de part et d'autre : « Et Gaïg, où se trouve-t-elle, avec ses compagnons? »

Macény dévorait avidement la plage des yeux, elle ne reconnaissait nulle part la silhouette tant espérée. Do, son bien-aimé, n'était pas là. Et Mfuru, son enfant, sa chair, non plus. Elle pressentait le drame, le redoutait, et se sentait faiblir : avait-elle perdu ce qu'elle chérissait le plus au monde ?

Flopi s'avança à découvert et prit le temps de se découvrir devant WaNguira et Mukutu, se départant d'un geste auguste de son tricorne améthyste et l'appuyant sur sa poitrine, avant de prendre la parole :

— Les Floups se réjouissent pour les Nains. Ils s'unissent à vous dans le bonheur des retrouvailles…

Il s'arrêta un moment, puis poursuivit d'une voix appuyée :

— … Et dans l'horreur du passé, si ce qu'on vous a dit est vrai. Auquel cas, nous menons le même combat. Je pense que nous pouvons débarquer maintenant, avant que la nuit ne tombe.

Mukutu et les siens reprirent contact avec la réalité en entendant ces phrases.

— Les Nains remercient les Floups d'tout leur cœur pour l'aide inestimable qu'ils leur ont apportée.

Il laissa planer un moment de silence, puis ajouta :

— Oui, dorénavant, nous m'nons l'même combat. Pas d'la même façon, mais l'même quand même. Oui, l'même.

Ses compagnons approuvèrent, ils avaient compris : il n'y aurait pas de guerre sur l'eau, peut-être même pas de guerre ouverte, mais c'en était fini de la cohabitation pacifique.

— On peut débarquer, déclara WaNguira sans quitter la plage des yeux. Il n'y a pas de danger.

Il se rapprocha de Macény et passa un bras consolateur autour de ses épaules :

— Plus vite on saura, mieux ce sera. Moi aussi, je l'ai cherché. Il n'est pas là. Je n'ai pas vu Mfuru non plus. Ni Gaïg, ni Dikélédi, ni les trois de Nsaï qui sont censés les accompagner.

Les Floups eurent vite fait de manœuvrer la goélette pour l'amarrer au débarcadère. Ils laissèrent les Nains descendre les premiers, et retrouver les Kikongos, amassés sur la plage et sur le quai en petits groupes muets : il est des instants qui ne se partagent pas.

Le silence dans lequel se déroulèrent les retrouvailles en témoigna.

7

Pilaf n'en menait pas large : il découvrait qu'il avait affaire à forte partie. Ses « prisonniers » l'encerclaient, ayant perdu toute affabilité. Ils semblaient même carrément furieux, y compris ce Loki qu'il avait cru frivole et dénué de sérieux, toujours prêt à s'amuser.

Ils s'adressaient tous à lui en même temps, dans des langues différentes de surcroît : déjà qu'il avait du mal à comprendre le vieux petit bonhomme à moitié invisible! Mais chez lui au moins, c'était un accent très fortement marqué auquel on s'habituait pour peu qu'on fasse attention.

Tandis que pour les deux autres, la fille et le cheval, ça devenait carrément incompréhensible. Même le Nain quasi muet, celui qui passait son temps à jouer de la musique, était sorti de sa léthargie et s'agitait. L'autre, l'aveugle sans oreilles, ouvrait de grands yeux morts, comme s'il essayait de voir malgré tout. La seule chose qui ne laissait planer aucun doute, c'était la colère et l'angoisse qui les étreignaient tous.

— Mais puisque je vous dis que c'est pas moi! Et d'abord, je comprends même pas ce que vous dites.

— Nous voulons savoir ce que tu as fait de Gaïg, avait repris Winifrid, abandonnant le sawyl. Où est-elle? Et si tu lui as fait quelque chose, prends garde à toi, tu ne t'en sortiras pas comme ça.

— Je-ne-sais-pas-où-elle-est. Je-ne-l'ai-pas-vue. J'ai dormi, cette nuit.

— Elle n'a pas pu disparaître ainsi! Avoue que tu lui as fait quelque chose. Tu l'as jetée à l'eau et tu as mis les voiles!

— Je-ne-l'ai-pas-jetée-à-l'eau, vous m'aviez assez répété qu'elle était précieuse pour vous. On se demande pourquoi, d'ailleurs… Elle est à demi humaine et à demi… je sais pas.

— Si, tu l'as jetée à l'eau parce que tu ne l'aimais pas, parce tu n'aimes pas les Hommes, avait interrompu Dikélédi. Et tu es parti.

— Non, c'est faux. C'était justement pour elle que j'avais mis les voiles. Je voulais lui montrer que je pouvais naviguer tout seul, sans vous. Enfin, j'allais essayer…

— Mais où est-elle, alors? Où l'as-tu cachée?

— J'en sais rien, avait repris le Floup pour la énième fois. Je vous dis que c'est pas moi. Après tout, c'est avec vous qu'elle dormait… J'suis même pas venu de votre côté, quand j'ai mis à la voile : il faisait encore nuit.

Les compagnons de Gaïg étaient consternés. Pilaf semblait sincère, tout aussi étonné qu'eux. Se pouvait-il que leur amie fût tombée à l'eau? Mais puisqu'elle savait nager, elle ne se serait pas noyée. Et elle aurait donné l'alerte. Alors pourquoi n'était-elle pas à bord?

Dikélédi avait été la première à s'apercevoir de sa disparition. Elle l'avait d'abord cherchée sur le pont, puis à l'intérieur du bateau et ensuite dans la mer elle-même avant d'alerter ses camarades. Ils avaient attendu un bon moment, pensant que Gaïg avait plongé et referait surface non loin.

Mais au bout du laps de temps habituel imparti à ses incursions sous-marines, elle n'avait pas réapparu. Et depuis, la tension montait, l'inquiétude était née, d'autant plus que le bateau avançait. Que s'était-il passé?

— Tu vas la chercher et la trouver! avait ordonné Winifrid à Pilaf. Nous ne pouvons pas continuer sans elle.

— Je veux bien, mais comment la localiser dans cette immensité? On peut revenir en arrière, c'est tout. Mais depuis le temps, elle doit être noyée, maintenant.

À la mine des autres, il s'aperçut immédiatement qu'il aurait mieux fait de se taire.

— Bon, bon, on fait demi-tour, poursuivit-il. Mais je vous jure que j'y suis pour rien. J'ai simplement mis à la voile sans vérifier si tout le monde était là. Je pensais pas qu'elle allait se baigner, moi. En pleine nuit en pleine mer comme ça, faut le faire…

Il eut vite fait d'ordonner les manœuvres nécessaires pour virer de bord.

— Maintenant, il faut surveiller la surface. Dès que vous apercevez un point sur la mer, vous le signalez et on met le cap dessus.

Voyant que tout le monde regardait dans la même direction, vers l'avant, il était intervenu de nouveau :

— Ça va pas, comme ça. Vaudrait mieux diviser la mer et se répartir des zones de surveillance. Ça multiplierait les chances de la retrouver. Et quelqu'un peut grimper au sommet du mât : il n'y a pas un vrai nid-de-pie, mais au moins, on domine et on voit tout autour.

Txabi, sans rien dire, s'était dirigé vers le mât et avait commencé à grimper : c'était lui qui supporterait le mieux la chaleur, perché tout là-haut. Et il voulait retrouver Gaïg, même s'il était davantage poussé par la raison que par les sentiments.

Gaïg était sa mère adoptive, elle avait été désignée pour prendre soin de lui et elle ne pourrait accomplir sa tâche que s'ils demeuraient ensemble. De plus, si elle trouvait une terre pour les Nains, ceux-ci quitteraient définitivement Sangoulé qui deviendrait Eribatasuna pour le monde entier : il avait déjà beaucoup appris au cours de sa courte vie…

En vrai Salamandar, il obéissait davantage à la logique et au bon sens qu'aux émotions. Il éprouvait cependant un léger pincement au cœur en pensant à l'éventualité d'une disparition définitive de Gaïg : c'était peut-être cela, cette amitié et cette solidarité auxquelles les autres faisaient parfois allusion. Dans ces cas-là, il se taisait et écoutait.

Tant de choses existaient, qu'il ne comprenait pas toujours… Par exemple ce cercle de lave et de flammes dans lequel il avait pénétré pour ramasser l'anneau. Aucune chaleur ne s'en dégageait. WaNdo lui avait un peu expliqué le phénomène, puisqu'il lui était arrivé la même chose :

— Ça s'appelle un charme. Ou un sort. Ou un sortilège. Ou un enchantement. Ou un ensorcellement. Tu constates que je t'apprends tous les noms. Ainsi tu ne seras plus jamais pris au dépourvu.

« On voit quelque chose qui n'existe pas. En réalité, il n'y a ni feu, ni roche liquide. Les flammes ne sont pas de vraies flammes, c'est une illusion. Mais comme tu les vois, ton esprit crée la chaleur qui est censée les accompagner. Et tu t'en tiens prudemment éloigné, pour ne pas te brûler.

« Sauf si tu ne les vois pas, comme moi. Ou que tu ne crains pas le feu, comme un jeune Salamandar intrépide que je connais. Deux éventualités que n'avait pas envisagées celui qui a monté cette mise en scène. »

Txabi lui avait alors parlé de la Sirène mâle, qu'il avait vue pénétrer rapidement dans le lac au moment où Thioro plongeait. Ensuite, tout s'était enchaîné très vite.

— Je ne savais pas que l'anneau lui appartenait, sinon je ne l'aurais pas pris, avait-il assuré. Le Nyanga ne m'intéresse pas. Mais j'ai pensé que Gaïg l'aimerait. Après, j'aurais voulu le rapporter, mais l'anneau ne sortait plus de son doigt.

— Le Nyanga prend la forme qu'il veut, et il va où il veut. S'il a choisi de rester au doigt de Gaïg, rien ne pourra l'en déloger. C'est sans doute à cause de l'autre anneau… De toute façon, tu ne l'as pas volé, le Nyanga n'appartient qu'aux Nains.

— Oui, mais Gaïg en a et elle n'est pas Naine...

— Qui te dit que ce n'est pas le Nyanga qui possède Gaïg ? Qui obéit à l'autre, à ton avis ?

Txabi s'était tu, songeur. Et là, en haut de ce mât, il repensait à la dernière phrase de WaNdo : « Notre destin nous est dicté par des puissances étranges, parfois. » C'était sans doute la raison pour laquelle il n'était pas inquiet, se disait-il : Gaïg ne faisait que suivre la pente de son destin.

Néanmoins, ce serait mille fois mieux s'il la retrouvait : il pourrait partager ce destin...

Au moment où ses compagnons avaient remarqué sa disparition, Gaïg était déjà remontée à la surface depuis longtemps. Elle avait cherché le bateau dans les alentours, sans succès. Il lui avait fallu scruter attentivement l'océan pour apercevoir un relief dans le lointain, qui ne pouvait être que le bâtiment qui s'éloignait. À moins que ce ne fût elle qui, en nageant sous l'eau, avait parcouru une telle distance... Non, ce n'était pas possible, elle n'aurait pas pu s'écarter autant.

Aux prises avec la frayeur, elle avait commencé par nager à toute vitesse dans sa direction. Pour se rendre compte que c'était peine perdue : jamais elle ne le rattraperait. Mais alors, qu'adviendrait-il d'elle? La noyade? Même si elle n'avait jamais envisagé cela comme une chose susceptible de lui arriver, la réalité était là : elle était perdue en mer, sans même un bout de bois auquel se raccrocher.

Pour le moment, elle nageait, certes. Et flottait. Mais combien de temps cela lui prendrait-il pour se sentir fatiguée et se noyer? Avait-elle la possibilité d'y échapper?

Elle parcourait du regard l'horizon, à la recherche d'une proéminence à laquelle accrocher son regard : une terre vers laquelle elle pourrait se diriger. Même un simple petit rocher ferait l'affaire. Mais Gaïg savait qu'il n'y avait pas de « simple petit rocher » en pleine mer. Soit il y avait une île, un continent, soit il n'y avait rien.

La frayeur croissait en elle, sans qu'elle arrive à se rassurer. Elle percevait l'espace qui sépare le rêve de la réalité et se demandait comment elle avait pu songer à vivre dans l'eau. Mais, toutes les fois où cette idée l'avait visitée, la terre se trouvait tout près. Là, il n'y avait rien de solide à proximité, même pas un bois flottant auquel s'agripper.

Elle essayait de se raisonner mais la peur demeurait la plus forte, face à l'étendue d'eau qu'elle avait sous les yeux. Comment pouvait-elle espérer s'en sortir?

Gaïg avait beau se répéter qu'elle savait nager, elle redoutait le passage du temps : même en se laissant flotter, tôt ou tard, elle coulerait. Et elle n'était plus du tout certaine de pouvoir respirer sous l'eau comme elle l'avait fait précédemment. Elle y avait réussi parce que c'était un jeu, un défi à relever. Mais maintenant qu'il y allait de sa vie, elle n'était plus sûre de rien.

D'autant plus qu'elle ne pouvait pas utiliser sa bague, en quête d'un conseil. Sa bague qui jusqu'à maintenant était intervenue dans les moments critiques pour lui dicter sa conduite…

Elle se rappelait les explications d'AtaEnsic quand elle avait repris connaissance, sur l'île des Kikongos. Tout de suite après que Txabi lui avait offert la bague, elle avait eu l'impression d'une force étrangère essayant de pénétrer dans son esprit et un violent mal de tête s'en était suivi. Tellement violent qu'elle s'était évanouie.

Quand elle avait repris conscience, elle ne se souvenait de rien et ses compagnons s'étaient réjouis de son absence de mémoire, due à un échange de sang avec la Dryade. Et AtaEnsic avait expliqué : « Pour peu qu'on pense à un objet que quelqu'un cherche, on montre sans le vouloir où se trouve l'objet. Et où on se trouve soi-même. Si on ne pense jamais à l'objet, il est perdu pour celui qui le cherche. L'oubli est une bonne chose, parfois. »

Elle en déduisit qu'il valait mieux oublier tout ce qui avait trait à la bague formée de deux anneaux qu'elle portait autour du doigt.

Pour ce faire, se concentrer sur autre chose. Elle se demanda si Pilaf avait fait exprès de partir avec le bateau et si ses amis reviendraient la chercher. Cette dernière question la tranquillisa un peu et elle s'y raccrocha comme à une bouée : bien sûr qu'ils reviendraient la chercher !

Il s'agissait d'une énorme méprise et même si Pilaf avait voulu se débarrasser d'elle, il ne réussirait pas. Elle avait vu comment ses compagnons s'étaient unis pour la défendre quand il avait menacé de la faire décapiter, ils recommenceraient et obligeraient le Floup à faire demi-tour.

Elle pensa qu'il suffisait qu'elle tienne jusqu'à ce moment-là. Le mieux était effectivement de se laisser flotter. Il n'aurait pas été prudent de plonger, il fallait qu'ils puissent la voir. Eux ou un autre bateau. Pilaf avait déclaré qu'il en passait souvent dans les parages. Gaïg reprenait courage. Elle se dit qu'elle pourrait même plonger de temps en temps, histoire de se mettre à l'abri des rayons du soleil : elle remonterait régulièrement à la surface pour inspecter l'horizon.

N'ayant aucun point de repère, elle ignorait de combien elle avait dérivé par rapport au moment où elle avait plongé. Mais elle supposait que Pilaf allait louvoyer et tirer des bords afin de ne laisser aucun endroit inexploré. Gaïg ne voulait plus envisager la noyade : cette idée la démoralisait. Ce qu'elle désirait par-dessus tout, c'était chasser l'effroi. Et en y mettant beaucoup de volonté, elle y réussissait. Il lui suffisait de ne pas réfléchir, de ne pas envisager ce qui se passerait si…

Pour cela, le mieux était d'agir comme si de rien n'était. Comme si elle se baignait, tranquillement, un peu au large, certes, mais elle avait l'habitude de s'éloigner des côtes, après tout.

Malheureusement, cette attitude ne résistait pas longtemps à la montée de la peur. Gaïg ne pouvait s'empêcher de se demander ce qu'il y avait sous elle, si la mer était très profonde à cet endroit-là et si elle recelait des monstres dentés et affamés comme les Vodianoïs. Les Sirènes viendraient-elles à son secours si elle se faisait attaquer ? Ou bien guideraient-elles un bateau jusqu'à elle ?

Gaïg aurait bien voulu arrêter la ronde des questions dans sa tête, mais c'était plus fort qu'elle : plus le temps passait, plus l'angoisse l'étreignait. Elle résistait à l'envie d'implorer la bague pour qu'elle vienne à son secours.

Depuis un moment, elle sentait le déplacement de grosses masses d'eau froides sur sa peau. Elle déduisit de leur température qu'elles devaient venir des profondeurs. De petites vagues couraient parfois sur la surface, non loin d'elle, comme si le fond de la mer était agité. Mais plus loin, l'étendue d'eau demeurait calme.

Brusquement, elle eut la forte impression qu'un combat se déroulait non loin. Cette agitation subite de la mer, localisée sur un espace aussi restreint, ne pouvait avoir d'autre origine. Elle enfonça la tête seulement dans l'eau pour voir ce qui se passait, n'osant pas plonger plus profondément.

Bien que proche de l'affrontement à cause de l'intensité des remous, elle se trouvait cependant trop loin pour distinguer quoi que ce soit. La profondeur était grande à cet endroit-là et elle ne percevait ni le fond, ni les alentours. De l'eau, rien que de l'eau, de plus en plus fortement agitée.

Peut-être qu'une grosse bête en mangeait une petite… Sûrement, même. Auquel cas, elle pourrait très bien servir de dessert. Gaïg choisit de s'éloigner, la prudence – pour ne pas dire l'épouvante – l'emportant sur la curiosité.

Tout en s'interrogeant anxieusement sur ce qui pouvait provoquer des remous sous-marins d'une telle amplitude, Gaïg nageait rapidement et régulièrement pour s'écarter, préférant laisser le champ libre aux adversaires, puisque combat il y avait. Elle avança un bon moment droit devant elle, sans prendre le temps de se reposer. Longtemps après, elle constata qu'au lieu de ralentir à cause de la fatigue, elle se déplaçait de plus en plus facilement.

Quand elle réalisa qu'elle était prise dans un courant et que c'était lui qui l'entraînait, il était trop tard : lutter contre lui la conduirait très vite à l'épuisement, il valait mieux se laisser porter. Elle savait qu'il finirait par perdre de sa force et par se dissoudre dans l'océan.

Il lui semblait même apercevoir un infime relief sur l'eau dans le lointain : une île qui affleurait ? En tout cas un trait gris plus épais qui se détachait sur la ligne d'horizon…

8

Heïa, au lieu de garder son indépendance de femme sirène, était tombée amoureuse d'un Homme, moitié marin aventureux, moitié pêcheur de perles romantique, qu'elle avait sauvé *in extremis* de la noyade quand son bateau avait fait naufrage aux abords des eaux glaciales de l'océan Maru, très loin dans le nord.

Elle avait repêché de justesse l'Homme évanoui, alors qu'il s'enfonçait dans les profondeurs, et l'avait ramené à la surface.

Normalement, étant demeuré aussi longtemps sous l'eau, à une telle température, il aurait dû succomber. Mais sa robuste constitution et la maîtrise exceptionnelle de son souffle, acquise au cours de ses nombreuses plongées, l'avaient sauvé. Elle avait réussi à l'embarquer, encore inconscient, dans un des canots de sauvetage du bâtiment et à le ramener sur la terre la plus proche, qu'elle avait prétendue déserte.

Gilliatt (puisque tel était son nom), avait survécu et une amitié était née qui, malgré les obstacles, avait évolué au fil des jours.

Condamné à la solitude à cause de l'isolement de l'île, l'Homme avait tenu bon grâce aux visites de plus en plus longues que lui rendait son ondulante Sirène. Au début, vu son état de faiblesse, il ne s'était pas posé trop de questions. Tous ses efforts tendant vers la récupération de ses forces, il acceptait ce qu'elle lui apportait en provenance des profondeurs, en vue de le nourrir.

Par la suite, se sentant mieux, il avait voulu lui dire sa reconnaissance et s'était fait un devoir d'apprendre sa langue. Les gestes utilisés par les Sirènes pour communiquer sous l'eau s'étaient alors révélés d'un grand secours, à cause de leur expressivité. Dépassant rapidement des expressions primaires comme celles de la faim, de la soif, du sommeil ou de la température, il avait appris les signes exprimant des idées plus abstraites, comme l'interrogation (sourcils levés, front plissé, mains ouvertes levées à hauteur des épaules) ou la colère (regard dur, sourcils froncés, bras le long du tronc, poings serrés), parfois accentués par une pression des doigts ou de la main sur le corps de l'autre.

Il avait éprouvé quelques difficultés avec les notions de bien et de mal, de vérité ou de mensonge. En effet, pour les Sirènes, ces notions n'avaient pas cours. Il n'y avait que la réalité, *aïmana*, et le rêve, *aïmata*. Si la réalité présentait un aspect déplaisant, si on ne l'aimait pas telle qu'elle était, si on la refusait, il était facile de la modifier, en ayant recours à *aïmata*.

Selon Heïa, *aïmata* rendait le monde plus beau, plus vivable, puisque conforme aux désirs de l'individu. En somme, mille fois plus agréable.

Mais pour Gilliatt, *aïmata* représentait le mensonge, tout simplement, et il n'admettait pas qu'on pût y recourir aussi facilement. S'en étaient suivies de longues explications, au bout desquelles chacun était demeuré sur ses positions. Heïa avait affirmé que rien ne l'empêcherait jamais de donner une autre vision de la réalité grâce à *aïmata*, et que c'était à l'interlocuteur à discerner, non le vrai du faux, mais le rêve du réel.

Pour elle, le rêve n'était pas faux, puisque justement on lui donnait vie en le créant, et affirmer une chose qui n'existait pas n'était pas un mensonge, mais un moyen de bonifier l'existence et d'améliorer le cours des événements.

De toute manière, quand on avait recours à *aïmata*, la physionomie se modifiait, le teint bleuissait légèrement, la bouche changeait de forme et on clignait des yeux. C'était donc à l'interlocuteur à lire ces signes sur le corps de l'autre en même temps qu'il écoutait le message.

— Par exemple, avait-elle continué, si je n'avais pas utilisé *aïmata* pour te dire que tu es sur une île déserte, tu serais retourné parmi les tiens et nous n'aurions pas lié connaissance...

Gilliatt, nonchalamment allongé sur la plage, à la lame battante, avait bondi :

— Quoi? Tu veux dire que cette île n'est pas déserte?

Heïa, légèrement décontenancée par sa vivacité, avait répondu très naïvement :

— Mais... non. Nous ne sommes même pas sur une île, c'est bien plus grand, c'est Ewe-Lani[1]. Les Hommes l'appellent le pays de N'Dé.

Puis, voyant à la mine de Gilliatt que quelque chose clochait, elle avait poursuivi, affirmative :

— Mais tu le savais! J'ai cligné des yeux, quand je te l'ai dit! C'était *aïmata*! Je voulais te connaître, savoir ce que c'était qu'un

---

1. Prononcer « É-oué-La-ni ».

Homme. Je croyais que tu étais d'accord pour rester ici, avec moi...

Gilliatt s'était alors assis, abattu. Comment en vouloir à Heïa, cette créature issue des profondeurs de la mer, si différente de lui? Elle était de bonne foi, elle avait « rêvé » que le pays de N'Dé – comment l'appelait-elle, déjà? Ewe-Lani. Quel joli nom! – était une île déserte, elle avait réalisé son rêve en en modifiant quelques données, et effectivement, la réalité avait changé. Persuadé d'avoir été amené sur une terre inhabitée, il était resté sur place.

De plus, il s'était attaché à elle et, déjà, il se sentait rempli d'indulgence envers cette jeune « menteuse ». Le mot même de « menteuse » lui paraissait déplacé. Comme il était lourd, chargé de sens, plein de réprobation, et comme il s'appliquait mal à la situation présente!

Quel tort pouvait-il y avoir à modifier le réel, quand c'était pour le placer sous l'emprise du rêve? Là-dessus, Gilliatt était parti à rêver à un monde dans lequel le mensonge était glorifié, simplement parce qu'il changeait de nom...

Curieusement, cet incident, au lieu de les séparer, les avait rapprochés. En éveillant leur curiosité mutuelle, il les avait poussés à mieux se découvrir, en prêtant une plus grande attention à l'autre.

Dans la mesure où tout était signifiant chez les Sirènes, pas seulement les mots, mais les gestes, les signes, les mimiques, Gilliatt passait son temps à étudier Heïa, son visage, ses positions. Il avait soif d'elle, de ses attitudes, de son comportement, et ne perdait pas une miette de tout ce qui pouvait émaner d'elle.

La jeune Sirène, de son côté, trouvait l'Homme en face d'elle plutôt immobile : en dehors de la parole, il ne faisait guère de signes. Mais la tonalité de sa voix était riche de significations diverses et révélait beaucoup sur son état d'esprit : elle trouvait passionnantes la variété et la richesse des inflexions de voix de Gilliatt.

La communication une fois établie sur une base commune faite de gestes et de mots qui ne laissaient pas de place à l'ambiguïté, le rapprochement des esprits avait eu lieu. Les discussions et les échanges s'étaient multipliés, dans un désir mutuel de réflexion sur soi à partir de la découverte de l'autre.

Ensuite, Gilliatt s'était vite laissé prendre au piège du toucher qui accompagnait cette langue des signes : il se sentait fondre quand Heïa lui pressait le poignet. Il ne manquait d'ailleurs pas une occasion de lui répondre, exerçant parfois une pression plus forte ou plus longue que nécessaire, pour le plaisir de sentir le contact de sa peau ou l'élasticité ferme de ses brillantes écailles.

Au début, pour tout ce qui concernait la partie inférieure du corps d'Heïa, il avait hésité. Cette femme-poisson était pour le moins déconcertante, dans son anatomie hybride qu'elle n'hésitait pas à exposer quand elle s'allongeait négligemment à côté de lui sur le sable, à la lame battante. Elle ne s'aventurait jamais très loin de l'eau profonde, prête à y plonger à la moindre alerte.

Tant que, allongé sur un rocher, Heïa se trouvant dans la mer, il ne voyait que sa tête, Gilliatt avait l'illusion d'avoir affaire à quelqu'un comme lui, et se laissait aller aux joies de la conversation avec une femme à la personnalité différente, mais ô combien intéressante.

Puis il s'était vite habitué à la vision de son buste, peut-être parce que les seins, larges et plats, étaient peu visibles, à cause de la couche de graisse qui entourait le corps. Le fait qu'ils ne soient pas dissimulés sous des vêtements avait également contribué à les banaliser, les dépouillant des notions habituelles de secret et d'inaccessibilité.

Dès que les deux amis avaient été en mesure de communiquer de façon plus approfondie, Heïa, faisant davantage allusion à sa queue qu'à sa poitrine, avait expliqué à Gilliatt que son physique ne devait pas le gêner. Elle avait insisté sur le fait que Sirène elle était, Sirène elle resterait. Ils appartenaient à deux mondes différents et n'étaient pas gouvernés par les mêmes valeurs, esthétiques ou morales.

Sa queue et sa graisse faisaient partie de son corps, comme ses ongles, ses nageoires ou ses cheveux. Le fait qu'elle soit dodue et rebondie n'avait jamais gêné Gilliatt, il pouvait comprendre cela, à cause du monde dans lequel elle vivait : il faisait froid, sous l'eau, et la graisse servait d'isolant.

En revanche, la queue d'Heïa, pour belle qu'elle soit, dans sa souplesse et sa mobilité, l'impressionnait au début. Cela tenait trop de l'animal, du poisson pour tout dire, et créait une distance dans l'esprit de l'Homme.

La Sirène, pas du tout gênée, lui avait proposé d'examiner son corps en détail, afin de s'habituer. Après tout, elle avait bien satisfait sa propre curiosité en inspectant les jambes de Gilliatt alors qu'il était encore évanoui dans son canot...

— À chacun son tour, créature sans queue et sans nageoires! avait-elle ajouté, rieuse, en l'éclaboussant d'un vigoureux coup de son appendice caudal.

Heïa, ne portant pas de vêtements, n'avait pas du tout le même rapport à la nudité que

Gilliatt : son corps faisait partie d'elle au même titre que son esprit, c'était un tout indissociable, et le cacher, même en partie, lui semblait impensable. Elle ne comprenait pas la pudeur de Gilliatt et avait du mal à retenir sa curiosité quand elle désirait l'étudier d'un point de vue physique.

Il avait accepté d'ouvrir la bouche pour qu'elle y jette un œil inquisiteur, mais avait renâclé à l'examen des narines. Heïa avait insisté, puisque selon elle, c'était là que résidait la principale différence entre eux : elle pouvait respirer sous l'eau, et lui non. Du bout des doigts, elle avait relevé en les écartant délicatement les ailes de son propre nez, afin de lui montrer sa paroi nasale, finement irriguée d'une multitude de vaisseaux sanguins très fins, et à sa grande surprise, Gilliatt avait éclaté de rire :

— Ça ne te gêne pas, de faire ça ?
— Pourquoi ? avait interrogé Heïa très sérieusement.
— Ce n'est pas très féminin...
— Mais je ne suis pas une femme au sens où tu l'entends... je n'appartiens pas à la race des Hommes.

Cette évidence avait laissé Gilliatt songeur. Que de chemin il lui restait à parcourir avant d'atteindre la curiosité bon enfant de la Sirène !

À la longue, cependant, il s'était montré un peu plus docile lors des reconnaissances corporelles d'Heïa, puis, s'enhardissant, il avait commencé à la toucher.

Il avait été surpris par le contact des écailles. Rien de dur ou de rugueux là-dedans, encore moins de gluant. C'était mouillé, certes, brillant d'une belle couleur argentée, ferme et élastique à la fois, mais surtout, lisse et doux au toucher quand on respectait le sens d'implantation des écailles. Une étonnante force musculaire perçait néanmoins sous l'enveloppe corporelle, qui permettait à Heïa l'exécution de bonds prodigieux hors de l'eau.

De fines membranes reliaient ses doigts entre eux, visibles seulement quand elle les écartait. L'étude mutuelle de leur corps s'était approfondie au fur et à mesure qu'ils s'habituaient l'un à l'autre, et l'attirance pour l'autre avait crû sous l'emprise de cette intimité corporelle.

Gilliatt avait commencé à parler d'amour. Heïa n'était pas sûre de bien comprendre ses explications alambiquées sur les sentiments puissants unissant un homme et une femme, arguant que dans son monde à elle, on n'en avait pas besoin.

Pour elle, on pouvait aimer une Sirène femelle, mais pas un mâle : ces derniers ne servaient qu'à la reproduction. D'autant plus que dès qu'ils étaient plusieurs, mus par l'assurance que confère le groupe, ils se révélaient irascibles et brutaux. La délicatesse et la finesse d'esprit dont ils pouvaient faire preuve quand ils étaient isolés au sein des femmes sirènes disparaissaient quand ils se retrouvaient ensemble, pour laisser place à l'animosité et à la violence.

Mais Gilliatt était un Homme, là résidait toute la différence. Et il avait de si chaudes intonations de voix quand il lui susurrait de tendres et voluptueux discours qu'elle avait accepté de croire à ce sentiment amoureux dont il lui rebattait les oreilles. Ce babillage galant représentait un luxe dont elle ne voulait plus se passer, et qui la changeait agréablement des mœurs sirènes.

En réalité, elle ne prêtait guère attention au sens des mots : seuls l'intéressaient le chant des syllabes, la diversité des inflexions et la sonorité fervente de ces vibrations gutturales dont il détenait le secret.

De son côté, la définition de l'amour était beaucoup plus simple : elle avait de plus en plus envie de demeurer en compagnie de l'Homme et de moins en moins envie de le quitter. Il lui ouvrait les portes d'un nouvel univers, qu'elle avait envie d'explorer. C'était cela, l'amour : une relation enrichissante, épanouissante, ouverte à la nouveauté, et dans laquelle elle évoluait aisément.

Heïa et Gilliatt étaient parfaitement conscients des limites imposées à leur liaison par leur appartenance à deux mondes différents. Mais la découverte de l'autre, la joie païenne éprouvée à briser les interdits et à reculer les limites de la tradition, l'ivresse de l'inhabituel, tout cela les habitait et s'était révélé un moteur suffisamment puissant, d'abord pour envisager la conception d'un enfant, puis pour passer à l'acte. Et Heïa s'était retrouvée enceinte.

— Mais tu sais que ce sera une fille… avait-elle précisé en souriant. Ma fille.

— Comment peux-tu en être aussi sûre, jeune despote féminin ? avait interrogé Gilliatt, moqueur.

— Parce que c'est moi qui décide, avait-elle répondu, mutine, sans s'étendre davantage.

Gilliatt, tout à sa joie d'être le père de l'enfant à venir, n'avait pas approfondi. Fille ou garçon, quelle importance ? Il se réjouissait profondément de sa paternité future et il savait qu'il aimerait pareillement son fils ou sa fille, qu'ils soient humains ou sirènes.

Selon Heïa, il était déjà arrivé, plusieurs fois dans le passé, qu'un bébé naisse de l'union d'une Sirène et d'un Homme. Dans ces cas-là, l'enfant naissait avec des jambes. On disait que ces enfants métis portaient en eux le meilleur des deux races.

Malheureusement pour les deux complices, les choses s'étaient gâtées dès que Iolani avait eu vent de leur relation et de l'état d'Heïa. Les nouvelles allaient vite, portées par les flots…

En effet, Iolani avait depuis longtemps des visées sur Heïa et supportait d'autant moins l'idée d'avoir été évincé que ses intentions n'étaient pas pures.

Il n'était pas plus que ça amoureux d'elle, bien sûr, et seul son rang l'intéressait puisqu'elle était issue de la Lignée sacrée, elle aussi. Iolani, avide de pouvoir, avait échafaudé un plan qui, pour ambitieux et hardi qu'il fût, s'était trouvé annihilé par les amours humaines d'Heïa et par l'enfant qu'elle portait en son sein.

Il avait envisagé la souveraineté à travers une union féconde avec Heïa : leurs enfants lui serviraient de laissez-passer pour l'accession au trône. En prenant sa part de responsabilité dans leur éducation, en partageant la prise de décisions les concernant, il se montrerait de plus en plus présent aux côtés d'Heïa, jusqu'à devenir indispensable. Ensuite, il la soulagerait galamment des tâches imposées par le pouvoir pour qu'elle puisse mieux se consacrer à leur descendance et s'adonner aux joies de la maternité et de l'éducation.

Il romprait avec la coutume qui voulait que les femmes de la Lignée sacrée n'enfantent que deux fois dans leur vie, et il lui ferait une multitude de petites Sirènes, mâles, de préférence, doublement héritiers de la Lignée sacrée. Or voilà qu'il se retrouvait évincé. Les enfants qu'il avait espérés et qui devaient le mener au pouvoir ne verraient jamais le jour.

Sa déception n'avait eu d'égale que sa colère, et la brute s'était acharnée sur Heïa avec une froide perversité.

9

Au matin, malgré la joie profonde qui les étreignait tous, à la suite de leurs retrouvailles sur cet îlot perdu de la mer d'Okan, WaNguira et les siens étaient aussi perplexes que les Kikongos.

La nuit s'était écoulée dans l'émotion et le recueillement, à travers les récits de chacun : il fallait bien s'informer mutuellement des événements passés. Mais en ce début de journée, les mêmes questions revenaient, qui avaient été celles posées par Macény : « Où est Do? Et Mfuru? Où sont les autres? » Malheureusement, les Kikongos avaient été incapables de fournir la moindre réponse.

À cause de ces interrogations, ils avaient commencé la relation de leurs aventures par la fin : comment, la veille, ils s'étaient réveillés pour découvrir que le bateau sur lequel Gaïg et ses compagnons avaient décidé de passer la nuit n'était plus là. Puis d'où il venait, qui était à bord, ce qui s'était passé, et ainsi de suite, en se reportant à un passé qui devenait de plus en plus douloureux au fur et à mesure qu'on le remontait.

Mukutu et ses compagnons avaient été bouleversés en apprenant ce que leurs frères avaient enduré de la part des Hommes. Les réponses du début, composées d'une phrase brève pour aller plus vite, s'étaient peu à peu transformées en narration détaillée des atrocités commises.

Maintenant que Macény savait, elle s'était redressée, digne et déterminée, malgré la douleur qui l'étreignait. Elle les retrouverait, son mari mutilé et son fils unique, dût-elle pour cela se transformer en pirate et parcourir tout ce que la Terre comptait de mers et d'océans. Et il n'était pas encore né, celui qui l'en empêcherait!

Elle rejoindrait les rangs des Floups et combattrait les Hommes à leurs côtés, jusqu'à ce qu'elle sache ce que les siens étaient devenus. Au même moment, comme pour la conforter dans sa décision, Mukutu avait lancé d'une voix ferme :

— M'est avis qu'le capitaine Flopi, il a raison : dorénavant, nous m'nons l'même combat.

Flopi n'avait rien dit, se contentant d'une modeste inclinaison de la tête, bien qu'il ait tout écouté depuis le début. Ses compagnons et lui s'étaient montrés particulièrement discrets depuis le débarquement sur l'île et n'avaient pas le moindrement troublé la rencontre des Nains.

Dans le courant de la nuit, ceux de la seconde goélette étaient arrivés par l'intérieur des terres, comme prévu. Surpris de trouver Flopi et les siens dans le village, ils avaient été mis au courant dans le plus grand silence afin de ne pas troubler la réunion : tout s'était passé par gestes. Ils s'étaient alors tenus cois, alignant leur attitude sur celle de leurs congénères.

La présence des Floups avait un peu étonné les Kikongos mais ils préféraient mille fois avoir affaire à eux qu'aux Hommes. Même s'ils ne voulaient pas généraliser et considérer tous ceux-ci comme des tyrans avides de puissance, ils sentaient qu'il leur serait impossible de les respecter avant longtemps.

La réputation qui précédait les Floups en faisait des êtres cruels et sanguinaires, mais ce n'était pas le fruit du hasard : eux aussi avaient eu maille à partir avec les Hommes dans le passé. Et toujours pour des raisons d'asservissement, d'esclavage, d'exploitation d'un peuple par un autre.

Les Kikongos pensaient que le temps du départ était arrivé et, avec lui, celui de la prise de décision. Quitter l'île, certes, mais pour aller où? Maintenant qu'ils connaissaient la situation au pays de N'Dé, ils se rendaient compte que leurs rêves de rapatriement étaient compromis.

Sangoulé, la mère patrie, était devenue inhabitable à cause du volcanisme. Ce dernier s'était étendu à la montagne Pelée, aux pitons de Wassango-Kilolo et aux monts d'Oko. Restaient les collines de Koulibaly, désertées par les Gnahorés, mais dans lesquelles s'étaient déjà réfugiées les trois autres tribus.

Où était leur place, là-dedans? Bien sûr, Mukutu et WaNguira avaient généreusement proposé de partager les lieux, mais il était évident que ce ne pourrait être qu'une solution provisoire.

— Malheureusement, si nous demeurons ici, les représailles des Hommes ne se feront pas attendre, avait conclu Thioro. Et nous ne serons pas toujours vainqueurs... Ce qu'il nous faut, c'est un nouveau pays, un tout entier, pour *tous* les Nains. Pas un déjà occupé. Et pour le découvrir, il faut le chercher.

— Sauf que ce n'est pas nous qui le découvrirons, avait répondu WaNguira. Il y a une prophétie qui dit que... ne l'oublie pas!

Thioro ne s'était pas laissé démonter :

— Eh bien, la première chose à faire, c'est de retrouver Gaïg. Ils ne se sont pas envolés, quand même, ceux du bateau…

— M'est avis qu'il s'est passé quelqu'chose, avait énoncé sentencieusement Mukutu.

Des rires ponctuèrent immédiatement l'évidence de sa remarque. Il avait néanmoins continué :

— J'veux dire qu'ils n'sont pas partis d'leur plein gré. Ils n'vous auraient pas abandonnés en pr'nant la mer en pleine nuit. Même s'ils avaient pris l'bateau pour v'nir nous prév'nir, ils vous auraient avertis et s'raient partis au matin. Donc, m'est bien avis qu'il s'est passé quelqu'chose.

— Ça, pour sûr, qu'il s'est passé quelqu'chose, s'était moqué Babah. Mais on attend la suite : que s'est-il passé, grand chef sagace et intelligent de la tribu des Lisimbahs?

Puis, sans transition, pris d'un subit désir de savoir, il s'était tourné vers les Kikongos :

— Au fait, qui est votre chef, maintenant?

Les Kikongos, demeurés muets un court instant, avaient dirigé leurs regards vers Thioro, attendant qu'elle réponde. Babah s'était mépris sur la portée de ces regards.

— C'est elle? s'était exclamé Babah. C'est Thioro? Quelle vitalité! Vous donnez dans la jeunesse, à présent? Sûr que le grand âge est parfois proche de la décadence... avait-il ajouté en lorgnant Mukutu, l'air faussement connaisseur.

— Mais non, ce n'est pas moi, avait immédiatement corrigé la Naine. Ils veulent que je réponde, c'est tout. Pour dire que nous n'avons personne... Quand nous sommes arrivés, Missono, notre chef d'alors, ne l'est pas resté très longtemps : les Hommes l'ont fait disparaître. Et ils ont procédé de même pour tous ceux que nous avons choisis par la suite : ils voulaient nous déstabiliser, quoi, nous anéantir. Mais ils n'ont pas réussi. Nous avons simplement arrêté de désigner quelqu'un. Pour eux, une société ne peut fonctionner sans un pouvoir à la tête. Mais nous, nous avons réussi, et nous avons vécu sans chef.

— Mais après, demanda WaNguira, quand vous avez recouvré votre liberté, vous auriez pu en désigner un, non?

Thioro haussa les épaules :

— Je suppose que nous avions autre chose en tête. Puisque le système fonctionnait comme ça...

— Et maintenant? insista le grand prêtre.

Elle écarta les bras en signe d'impuissance :

— Oui, on pourrait... Mais est-ce si import...

Kodjo lui coupa la parole avec l'impétuosité de la jeunesse :

— Toi, tu pourrais être notre chef, si tu veux! Hein, Thioro? Tu voudrais? Moi, j'aimerais bien…

Plusieurs Kikongos hochèrent la tête, réfléchissant en silence à cette éventualité. Thioro, malgré son jeune âge – elle n'avait pas encore atteint les deux cents ans – était sage et avisée. Elle était surtout pleine de dynamisme et sa vitalité les avait sortis plus d'une fois de l'apathie désespérée dans laquelle ils se seraient enlisés, faute de trouver en eux-mêmes les ressources nécessaires pour résister et aller de l'avant. Elle les avait toujours soutenus et c'est grâce à elle qu'ils étaient restés des Nains dignes de ce nom, unis dans l'adversité.

Quand Renart avait demandé à ses camarades la grâce de WaNdo, essorillé et rendu aveugle par Crépin, donc incapable de travailler, cette dernière avait été acceptée à la condition que soit supprimée sa portion de nourriture. Après, quand les Hommes avaient sadiquement proposé aux Nains affamés de le nourrir sur leurs propres portions, déjà si congrues, Thioro, bien que famélique, avait répondu sans hésiter qu'elle partagerait sa part avec lui. Par la suite, même si tous les Nains avaient participé au repas de WaNdo, aucun n'avait oublié la leçon donnée par la jeune femme ce jour-là.

Depuis qu'ils étaient libres, elle les poussait à agir, à construire, et surtout, à se reconstruire. C'était elle qui avait veillé au repos de chacun les premiers jours, puis qui avait plus ou moins organisé la vie sur l'île par la suite, se dépensant sans compter pour le bien de la communauté. C'était elle encore qui les avait motivés pour apprivoiser l'eau, affirmant qu'un jour ou l'autre, ils devraient reprendre la mer pour quitter cette île de malheur.

Elle pensait à tout, avait un mot gentil pour chacun, tout en faisant preuve d'efficacité. Et c'était elle qui s'était risquée la première sur la plage, quand elle avait aperçu des silhouettes de Nains sur le bateau.

Les pensées défilaient rapidement dans la tête des Kikongos. Pris au dépourvu par la question de Babah et l'insistance de WaNguira, ils ne voyaient pas à qui d'autre confier le rôle de chef.

Les Nains n'avaient pas pour habitude de procéder à des élections ou à des combats pour la chefferie. Était chef celui que ses compagnons désignaient d'un commun accord comme digne de les représenter, s'il acceptait. Sinon, il fallait en trouver un autre. Pour être choisi, il fallait seulement qu'il appartienne à la tribu par le sang, la filiation étant de ce fait assurée par la mère.

Les discussions étaient longues et passionnées, bien sûr, parfois mouvementées et opiniâtres, et en fin de compte, c'était souvent l'avis des anciens qui l'emportait. Mais avant que la décision finale ne soit adoptée, chacun pouvait s'exprimer, et personne ne s'en privait. Sachant qu'une fois le chef en place, il aurait un pouvoir décisionnel assez important et qu'il faudrait s'y plier, il valait mieux réfléchir avant et bien peser le pour et le contre. Ce à quoi les Nains s'adonnaient généreusement, avec une délectation certaine.

En l'occurrence, les Kikongos ne s'étaient pas encore penchés sur le sujet. Il n'y avait plus d'« anciens » chez eux, ils avaient tous péri. Seuls les plus résistants avaient survécu, ce qui conférait une certaine jeunesse à la tribu. C'est sans doute ce qui leur permit de se décider beaucoup plus rapidement que ne l'avait établi la coutume.

Après qu'un premier Kikongo eut levé la main pour dire : « Si elle accepte, je suis d'accord », ce fut un mouvement général de consentement. Thioro avait fait ses preuves dans le passé, c'était suffisant. Pourquoi passer des heures à tergiverser? Tous ceux qui l'appuyaient la respectaient assez pour s'engager à la suivre dans ses décisions futures.

Qu'elle soit une femme n'entrait pas en ligne de compte, les Nains étant profondément pour l'égalité des sexes et le partage des tâches. Qu'elle soit jeune représentait un avantage, pour une tribu somme toute rajeunie, même si c'était par l'adversité. Et sa mère était une Kikongo.

Seule Thioro n'avait pas encore dit son mot. Elle réfléchissait, se demandant s'il n'y avait pas quelqu'un de plus apte qu'elle pour remplir ce mandat. Puis elle dit simplement :

— J'accepte.

Et elle ajouta modestement :

— Merci de me faire confiance. J'essaierai de m'en montrer digne.

Babah, Mukutu et WaNguira en restèrent bouche bée. Pour eux qui faisaient figure d'« anciens », la chose avait été rondement menée. Mais ils s'inclinèrent, chaque tribu étant souveraine en ce qui concernait les affaires intérieures.

« M'est avis qu'les temps changent », pensa Mukutu. Il en avait fallu, des semaines et des semaines de débats pour lui, même si tout le monde était d'accord depuis le début et le savait...

Thioro, fidèle à l'image que ses compagnons avaient d'elle, avait tout de suite orienté la discussion vers une prise concrète de décision. Elle s'était tournée vers Flopi, plus capitaine que jamais sous le tricorne améthyste qu'il ne quittait plus :

— Que pensez-vous de tout cela? Vous croyez que c'est possible de retrouver le bateau de Gaïg? Vous continueriez à nous aider?

Flopi avait cogité un court moment avant de répondre :

— Oui, nous continuerons à vous aider. Très tôt hier matin, nous avons croisé un bateau qui ne semblait pas savoir où il allait. Comme s'il n'y avait personne pour le diriger ou qu'il avait été mis en panne. Je me demande si ce n'est pas celui dont vous parlez.

Ses camarades avaient légèrement opiné du chef en signe d'assentiment. Flopi avait poursuivi :

— Nous pouvons essayer de le retrouver. Les courants l'auront porté vers le nord… Ou l'est… Mais je ne promets rien : il aura eu amplement le temps de dériver. Et la mer est vaste… Si nous ne sommes pas trop chargés, nous avancerons plus vite et nous serons plus mobiles. Le capitaine Pafou peut ramener vos frères au pays de N'Dé dans l'autre goélette, quitte à faire deux voyages. À moins qu'ils ne veuillent venir avec nous…

En entendant ces derniers mots, Macény s'était avancée :

— En tout cas, moi, je viens avec vous. Et je reste avec vous jusqu'à ce qu'on les retrouve. Je combattrai les Hommes à vos côtés, je m'y engage.

La solution proposée par Flopi qui consistait à se séparer emporta l'adhésion de tous, et il fut décidé qu'il garderait à son bord ceux avec lesquels il était venu. Les Kikongos rejoindraient discrètement les collines de Koulibaly et les tribus sœurs, en essayant de ne pas se faire remarquer des Hommes.

Flopi et les siens avaient repris la direction des opérations : il fallait ramener la deuxième goélette, amarrée à l'est, dans la baie qui se trouvait en face du village et surtout, s'assurer que les provisions d'eau et de vivres seraient suffisantes pour nourrir tout ce monde. Les deux bateaux reprendraient la mer dès le lendemain.

La traversée ne serait pas longue pour les Kikongos, l'île se trouvant à deux jours de navigation de la côte la plus proche du pays de N'Dé. Mais il fallait compter deux journées supplémentaires en mer si on montait vers le nord afin de les rapprocher le plus possible des collines de Koulibaly.

Flopi expliqua que non seulement le bateau pèserait davantage, mais que de surcroît ils affronteraient des vents contraires.

— Sans compter le courant des Cocos... avait ajouté Plofi, un sourire perfide découvrant ses dents pointues.

— Qu'est-ce que c'est? avait demandé Afo, pas du tout impressionnée mais la curiosité en éveil.

Elle avait remarqué que Plofi aimait effrayer les Nains avec sa connaissance étendue de l'océan : il racontait d'horribles histoires mettant en scène des monstres marins d'une taille gigantesque et elle, elle adorait écouter ses élucubrations.

Il mimait alors avec art des batailles apparemment perdues d'avance contre des créatures démesurées issues des profondeurs, batailles que les Floups avaient gagnées grâce à leur extrême agilité. Le récit était illustré par les figures les plus sautillantes de la florinette auxquelles ne manquaient pas de se joindre ses compagnons.

Flopi, sachant la propension de Plofi à se transformer en conteur, avait pris les devants :

— Comme son nom l'indique, c'est un courant... qui charrie des cocos. Il descend vers le sud le long des côtes du pays de N'Dé, en attrapant tout ce qui flotte. Principalement des noix de coco au fur et à mesure qu'il se rapproche des terres plus chaudes, mais aussi des morceaux de bois, des branches, des épaves, tout ce qui traîne à la surface.

Plofi avait néanmoins continué :

— C'est grâce aux cocos qu'on a pu suivre son trajet : on les a peints pour voir où ils allaient. Très loin dans le sud, le courant tourne à l'est et il remonte ensuite vers le nord. Ce faisant, il récolte des varechs énormes, excessivement longs, bien plus longs que tout ce que vous pouvez imaginer. On les appelle les « cheveux maudits de la mer » : quand un bateau est pris au milieu des algues dans ce courant abominable, il ne peut plus avancer. Il est obligé de se laisser porter par ce dernier. Qui l'amène dans la mer des Vents morts.

« La mer des Vents morts, c'est une mer dans la mer. Elle n'a pas de côtes, elle est entourée par le courant. Et les vents ne soufflent pas à sa surface. Il y a tellement de débris que c'est presque aussi solide que sur terre. D'ailleurs, c'est probablement cette accumulation de débris qui empêche le bateau d'avancer, plus que l'absence de vents…

« J'ai connu un marin qui en est revenu, il dit que là-bas, on peut marcher sur l'eau. Le bateau prisonnier de la mer des Vents morts est condamné à disparaître : il pourrit sur place et il finit par être écrasé par la pression des objets qui l'entourent. Il n'y a rien à manger, la vie a déserté les fonds, paraît-il. Le courant perd de sa force petit à petit et se noie dans la mer des Vents morts. Et les occupants du bateau aussi… »

Afo n'était pas la seule à être suspendue aux lèvres de Plofi. Mais Flopi avait profité de ce que ce dernier reprenait son souffle pour mettre fin à l'histoire :

— Au travail, maintenant. Plus vite on aura chargé le bateau, plus tôt on pourra partir demain.

Plofi avait fait un clin d'œil à Afo, laissant entendre qu'il y avait une suite.

10

Depuis un moment, Gaïg ne quittait plus des yeux la masse indistincte qui se détachait dans le lointain. Elle essayait de deviner ce que c'était. Ça semblait trop plat pour être une île, mais peut-être que c'en était une quand même. À une telle distance, c'était difficile de trancher.

Elle n'ignorait pas qu'il lui faudrait du temps pour y parvenir : les distances semblaient toujours plus courtes sur la surface plane de la mer qu'elles ne l'étaient en réalité. Mais du moment qu'elle pouvait y aborder, elle s'en contenterait. C'était beaucoup trop étendu pour être un tronc flottant, ou même une épave.

Le fait est qu'il y avait quelques débris autour d'elle. De petits bouts de bois, des algues et même des feuilles… Amenés par le courant eux aussi.

Gaïg savait qu'il était inutile de lutter contre ce dernier et qu'il finirait par perdre de sa force dans l'océan. C'était ce qu'elle avait toujours entendu dire dans son village : il valait mieux se laisser porter, surtout ne pas paniquer, et tôt ou tard, le courant se dissolvait au large. Sauf que là, elle s'y trouvait, au large. Alors, d'accord pour se laisser « porter », mais jusqu'où ?

L'apparition d'une tête dans le lointain la fit sursauter. Il y avait quelqu'un, elle n'était pas seule. Gaïg ne rêvait pas, il y avait bien un baigneur là-bas ! Sa tête disparaissait parfois, cachée par les vaguelettes de la surface, pour réapparaître ensuite. L'esprit de Gaïg était en alerte. Qui pouvait bien se trouver là ? Un naufragé comme elle ? Quelle coïncidence quand même ! Deux naufragés qui se retrouvent en plein océan, au large de toute terre habitée…

Tout à coup, Gaïg frémit. Alors qu'elle avait commencé à nager de toutes ses forces pour se rapprocher de celui qu'elle considérait déjà comme un compagnon d'infortune, elle s'arrêta brusquement, voulant faire demi-tour, même à contre-courant, se jugeant stupide de n'y avoir pas pensé plus tôt. Un noyé !

Il s'agissait tout simplement d'un mort, peut-être dans un état de décomposition avancée, ou à moitié dévoré par les poissons… En tout cas, c'était bien la dernière chose qu'elle souhaitait voir.

Gaïg frissonna sous l'emprise de la peur. Même si elle avait déjà vu un noyé dans son village à deux reprises, tout noyé avait maintenant pour elle l'apparence d'une Vodianoï. Et si ce n'était pas un cadavre, mais une de ces repoussantes créatures ?

Curieusement, cette pensée lui insuffla un petit peu de courage : les Vodianoïs, elle les connaissait, elle les avait vaincues dans le bassin de la Licorne IyaTiku, sous la cascade. Mais elle ne désirait pas pour autant se retrouver en face de ces putréfactions nageuses.

Elle essayait de s'éloigner de la tête qu'elle apercevait, mais le courant, comme un fait exprès, l'en rapprochait. Il s'agissait bien d'un noyé, qui ne luttait même plus pour garder la tête droite, dans le prolongement du cou : cette dernière bringuebalait, se laissant aller au gré de l'eau.

Gaïg n'avait rien mangé depuis longtemps, mais elle sentit son estomac se retourner. Voilà qu'elle se baignait dans la même eau que cette « chose » maintenant. Quelle horreur ! Et ce courant qui l'entraînait malgré elle, qui la rapprochait de la pourriture…

Gaïg vivait un cauchemar éveillé, duquel elle ne pouvait s'échapper. Elle pensa qu'elle aurait préféré être déjà morte. Elle ne voulait plus regarder dans la direction de la tête, mais ne pouvait s'en empêcher : peut-être qu'au dernier moment, en nageant de toutes ses forces, elle pourrait l'éviter. Si elle allait dans le même sens que le courant, elle progresserait deux fois plus vite et dépasserait le cadavre.

Elle en était là de ses pensées quand on la toucha à l'épaule. Un effleurement doux et souple, sans doute un peu gluant pour être aussi lisse.

Elle hurla et s'enfuit sans même se retourner. Voilà qu'elle était prise entre deux choses monstrueuses : un noyé et… et… elle ne savait pas, elle ne voulait pas savoir! Encore une chose trop hideuse pour être identifiée…

Néanmoins, après plusieurs brasses vigoureuses destinées à l'éloigner, elle tourna la tête en arrière pour jeter un coup d'œil. Une algue. Ce n'était qu'une algue. Mais quelle algue! Gaïg n'en avait jamais vu d'aussi grande. Large et plate, elle lui rappelait les fucus de la côte. Mais en cent fois, mille fois plus grand.

Elle laissa échapper un soupir de soulagement, tout en examinant de loin, avec une curiosité anxieuse, le serpent végétal qui l'avait épouvantée. Lui aussi se trouvait pris dans le courant. D'ailleurs, les débris flottants se multipliaient. La largeur de la plante était impressionnante et il était impossible d'évaluer sa longueur.

Contrairement aux enfants de son village, Gaïg n'avait jamais redouté les algues : elles représentaient pour elle l'équivalent de la végétation terrestre. Elles pouvaient de ce fait former des prairies, des buissons, de petites savanes parsemées d'arbustes. Mais ce qu'elle avait sous les yeux tenait davantage de la forêt que de la prairie, et Gaïg se demanda combien il fallait de profondeur pour qu'une algue puisse pousser et atteindre cette taille.

Occupée à examiner de loin le varech géant qu'elle voyait pour la première fois, elle oublia un court moment le cadavre qu'elle voulait éviter à tout prix. Quand elle le chercha de nouveau du regard, il avait disparu. Seule une noix de coco dansait un peu plus loin sur les flots. Gaïg comprit immédiatement sa méprise. Il est vrai que l'illusion était parfaite et que même un pêcheur averti s'y serait laissé prendre.

Elle avait eu peur, quand même. Deux émotions très fortes s'étaient succédé, et Gaïg ressentit un moment de découragement. Combien de temps tiendrait-elle encore ? Ce n'était plus tant la fatigue qui l'angoissait que la peur des rencontres qu'elle pouvait faire. Après tout, les noyés se trouvant dans la mer, c'était dans l'ordre des choses possibles qu'elle tombe sur l'un d'entre eux. Et il existait, à l'instar des algues géantes, des animaux colossaux qui ne feraient d'elle qu'une bouchée.

Elle avait toujours écouté avec passion les récits des pêcheurs de son village, mais ces histoires étaient toujours tellement exagérées en ce qui concernait la taille des êtres qui les hantaient qu'elle n'y croyait qu'à moitié, redonnant aux animaux et aux végétaux des proportions plus justes, à la lumière de ce qu'elle connaissait des fonds marins. Mais qu'en savait-elle, au juste ?

Le fait est qu'elle n'avait jamais vu d'algues de cette dimension auparavant et qu'elle en avait une sous les yeux. La curiosité l'emportant, Gaïg essaya de se rapprocher légèrement. Il lui était difficile de nager à contre-courant, il valait mieux attendre que la plante parvienne à sa hauteur.

En attendant, elle examina les alentours. Le coco s'était éloigné, mais elle en aperçut un autre un peu plus loin. Cette fois, elle ne se laisserait pas abuser par des apparences trompeuses... Il y avait beaucoup de débris végétaux autour d'elle. Peut-être qu'une tempête avait soufflé récemment, quelque part sur la côte. Sur *une* côte, se reprit-elle. Le monde était vaste et elle n'avait pas la moindre idée de l'endroit où elle se trouvait.

D'après ses souvenirs, Pilaf avait affirmé que le bateau avait dérivé vers le nord-est et que le pays de N'Dé se trouvait à l'ouest. Il avait donc fait voile dans cette direction. Mais ensuite, quand il avait mis le bateau en panne, ce dernier avant sans doute dérivé encore. Et elle encore plus, emportée par ce courant. Elle se dirigeait donc vers l'est. Peut-être…

Le soleil, juste au-dessus d'elle, ne la renseignait pas beaucoup. Gaïg expérimentait la difficulté à s'orienter sans points de repère. Où se trouvaient « devant », « derrière », « à droite » et « à gauche » quand on était soi-même le centre de son monde ? Quel que fût l'endroit où elle regardait, c'était « devant » et il n'y avait rien à ajouter.

Le soleil tapait dur, on devait être en milieu de journée. C'était la seule déduction qu'elle pouvait tirer de l'espace ambiant, et elle ne l'avançait pas beaucoup. Où qu'elle tournât la tête, il n'y avait aucun bateau en vue. Gaïg sentit que le découragement, tel un prédateur à l'affût, allait de nouveau l'envahir. Elle flottait, certes, mais c'était tout ce qu'elle pouvait faire. Nager serait vite épuisant, et de toute façon, nager pour aller où ?

Machinalement, elle chercha l'algue des yeux. La plante, emportée par le flot, se rapprochait : elle était impressionnante, autant en largeur qu'en longueur et en épaisseur. De couleur rouge foncé, elle se présentait en une large bande centrale qui se subdivisait en bandes plus étroites. L'ensemble, dans sa largeur maximale, mesurait au moins deux coudées.

La surface paraissait boursouflée à cause des flotteurs. Gaïg se demanda d'où elle provenait et si elle était comestible. Mais elle n'avait décidément pas faim et se sentait incapable d'avaler le moindre morceau. Puisque l'algue flottait, peut-être qu'elle pourrait supporter son poids, qui sait? Mais il aurait fallu du courage pour s'aventurer dessus, et Gaïg n'en avait pas pour le moment.

Elle décida de continuer à se laisser porter par le courant, aucun autre choix ne s'offrant à elle. Peut-être qu'en faisant la planche, elle économiserait ses forces. Mais avec le soleil en plein dans les yeux, même fermés, elle ne tint pas longtemps.

Elle plongea.

Pilaf n'avait pas arrêté de scruter l'océan, imité en cela par ses compagnons de voyage, qu'il n'osait plus appeler ses « prisonniers » afin de ne pas aggraver la situation. Il les sentait à la fois tendus et consternés, pleins d'une anxiété qu'il ne comprenait pas.

La disparition de Gaïg semblait les affecter profondément, et les trois Nains arboraient un air catastrophé, à croire que leur vie allait s'arrêter parce que la fille un peu bizarre avait disparu.

Il était tout à fait sincère quand il affirmait ignorer ce qu'il était advenu d'elle. Quand il avait mis le bateau à la voile pendant la nuit, il n'avait pas pris la peine de vérifier que tout le monde était à bord. Il voulait seulement voir s'il était capable de se débrouiller sans eux pour naviguer. Auquel cas, il abandonnerait ses passagers sur la première terre en vue et continuerait tout seul.

Cela, il ne le leur avait pas avoué. D'autant plus que la navigation en solitaire s'était révélée plus difficile que prévu et qu'il s'était rendu compte qu'il avait besoin de son équipage, si malhabile fût-il.

Il ne leur avait pas non plus révélé la suite : ils avaient beaucoup dérivé, et il ignorait où ils se trouvaient exactement. Il s'était contenté, pour calmer les esprits, d'effectuer le demi-tour qu'ils réclamaient, mais il savait pertinemment que, ce faisant, il inaugurait une route différente, peut-être très éloignée de celle suivie précédemment.

Avec une confiance absolue en sa bonne étoile, il se répétait que Gaïg avait dû dériver elle aussi et qu'il n'était pas impossible de la retrouver. *Si elle flottait.* Il ne continuait pas sa pensée.

C'était vrai que la fille nageait comme un poisson dans l'eau, il l'avait vue à l'œuvre. Mais de là à penser qu'elle tiendrait le coup pendant des jours, il y avait un pas qu'il se refusait à franchir, même si les autres considéraient la chose comme acquise.

Bon, une journée seulement s'était écoulée. Mais le soir tomberait bientôt et la nuit arrêterait les recherches.

Il essaierait de faire le point avec les étoiles grâce aux instruments de bord, mais il regrettait un peu ses vantardises auprès de ses passagers. Certes, il savait naviguer. Quand il se déplaçait en territoire connu. Il le leur avait montré, d'ailleurs. Mais quand il s'agissait d'évoluer dans des régions nouvelles, il se sentait un peu moins sûr de lui.

Oh, il se débrouillerait toujours… Après tout, il était un Floup et la mer était son élément. Il suffisait de ne pas lui demander de se rendre en un lieu précis…

Tout en réfléchissant ainsi, Pilaf examinait la surface de la mer. Rien à signaler, mis à part les débris flottants habituels, de plus en plus nombreux.

Le bateau se dirigeait vers l'est, mais il jugea plus sage de ne pas revenir en arrière : les autres ne comprendraient pas. À défaut de la fille pas tout à fait humaine, on verrait bien ce qui surgirait à l'horizon…

11

Iolani avait poursuivi Heïa sous les océans pendant des jours et des jours, ne perdant pas une occasion de l'effrayer, de la tourmenter, de l'inquiéter.

Au début, il avait essayé de la séduire par de menus cadeaux. Puis, il lui avait tenu de longs discours pour la ramener à la raison, faisant miroiter l'intérêt d'une union durable entre eux, puisqu'il y introduisait, idée nouvelle chez les Sirènes, la notion de couple.

La pureté du sang, la préservation de leur monde – menacé de destruction à cause, selon lui, de son manque de réflexion –, des enfants communs – doublement issus de la Lignée sacrée –, le pouvoir partagé – pour la première fois de l'Histoire entre deux Sirènes de sexe opposé –, tout lui servait d'argument.

Heïa, voyant clair dans son jeu, ne se laissait pas convaincre. Elle avait ri quand, fixant l'anneau double en Nyanga qu'elle portait au doigt, il avait suggéré que Vaïmana l'Ancienne lui fasse don du sien, pour célébrer leur union.

— Tu sais très bien que ce sont ces anneaux qui donnent le pouvoir aux femmes et qui font de nous ce que nous sommes. Jamais une Sirène mâle ne les aura, fût-elle de la Lignée sacrée. De toute façon, elle ne pourrait pas les porter. Ce n'est pas pour rien que ce sont des anneaux magiques... C'est ma fille, Itia, qui les portera. Et après, sa fille recevra les miens. De grand-mère en petite-fille, jusqu'à la fin des temps...

Heïa avait perçu le frémissement qui avait parcouru la puissante stature de Iolani, faisant vibrer sa nageoire dorsale de colère rentrée. Ses dards brachiaux pointaient malgré lui, et il devait accomplir un effort inouï pour les garder couchés le long de ses bras musclés.

L'arrivée inopinée de sa mère, Vaïmana, et de sa grand-mère, Tamateva, les avait surpris tous les deux. Iolani avait disparu sans demander son reste. Heïa s'était fait gronder pour son inconscience.

— Tu ne devrais pas t'exposer ainsi, avait doucement constaté Tamateva. On ne sait jamais ce qui peut passer dans la tête d'une

Sirène mâle, quand elle est en colère. La notion de famille n'existe pas, entre Sirènes de sexe différent. Tu lui en dis trop, il faut te montrer plus méfiante.

Vaïmana s'était révélée plus directe pour morigéner sa fille :

— Tu agis comme une sardine sans cervelle. Tu n'as pas plus de jugeote qu'une anémone fixée à son rocher. Enfin, Heïa, à ton âge, avec les responsabilités qui t'attendent, fais plus attention! Tu le sais, que Iolani est dangereux. Comme le dit le proverbe : *Les Sirènes mâles sont un mal nécessaire*. On te l'a assez répété, de te méfier d'elles... Iolani était furieux...

Heïa, encore impressionnée par l'attitude de Iolani, n'avait rien dit. Elle avait été surprise par l'intensité de la haine perçue en lui. Et la véhémente mise en garde de Vaïmana la laissait songeuse. Dire que c'était son frère... Le fils même de Vaïmana, son seul autre enfant...

Si les Sirènes femelles pouvaient se reproduire à volonté, celles de la Lignée sacrée enfantaient deux fois seulement dans leur vie : deux enfants de sexe différent, pour prolonger la Lignée. Tamateva avait accouché de Manutahi et de Vaïmana, cette dernière de Iolani et d'Heïa.

Heïa mettrait au monde Itia – tel était le prénom qu'elle avait choisi –, et... pour le mâle, elle avait le temps de voir. Elle pourrait le faire avec n'importe qui, puisque c'était elle qui transmettait ladite Lignée. Avec une Sirène, sûrement, pour arranger les choses… En effet, Tamateva et Vaïmana, si elles s'étaient réjouies en apprenant l'annonce de la maternité d'Heïa, avaient changé de visage quand cette dernière avait révélé l'identité du père.

Déjà, à ce moment-là, elles l'avaient mise en garde contre la réaction possible de Iolani. Elles les connaissaient, les mâles sirènes, y compris ceux de la Lignée sacrée, surtout eux, d'ailleurs… Ils n'avaient aucun pouvoir, aucune possibilité de commandement, et ils en concevaient un profond dépit, soigneusement entretenu de génération en génération par leur prédécesseur, leur oncle ou grand-oncle en l'occurrence.

Manutahi s'était montré très vindicatif dans sa jeunesse, et si la lente maladie qui l'avait emporté, à la suite d'une blessure dans un combat contre les Murènes l'avait un peu calmé sur ses derniers mois, il avait pris soin de transmettre à Iolani sa haine et son ambition quant à l'accès au trône.

Depuis longtemps, les mâles désiraient le pouvoir, ceux de la Lignée sacrée plus que tout autre. Mais les femmes sirènes défendaient vaillamment leurs droits, conférés, selon la

Tradition, par les Dieux eux-mêmes. Certes, il fallait remonter très loin dans le passé, au temps du Commencement. Mais les bagues étaient là pour en témoigner, les deux anneaux doubles légués de grand-mère à petite-fille depuis cette époque.

Et l'Histoire, aussi, la grande Histoire des Sirènes, que les matriarches de la Lignée sacrée se transmettaient au complet depuis la même époque, celle du Commencement ou presque.

Iolani, se disait Heïa, en se remémorant l'Histoire de son peuple, n'était que le résultat de cette longue rivalité. Était-il pire que les autres, parce qu'il agissait de plus en plus ouvertement ? Sans doute, vu la colère qui l'avait envahi récemment, et qu'il avait eu tant de mal à maîtriser.

Par la suite, Iolani, la poursuivant toujours, surgissait de plus en plus souvent, brusquement, accompagné de deux ou trois acolytes. Il essayait de l'inquiéter, la faisant sursauter chaque fois qu'il apparaissait, escorté de ses compagnons. Il devenait de plus en plus effrayant, terrifiant, même, n'hésitant pas à la bousculer violemment sous le fallacieux prétexte d'un obstacle inattendu à éviter.

Heïa n'était pas une nature faible et elle avait vaillamment résisté, voyant clair dans son jeu :

il voulait lui faire perdre le bébé qu'elle portait, cet enfant qu'elle aimait déjà de tout son cœur et pour lequel elle donnerait sa vie s'il le fallait.

Elle s'était momentanément éloignée de Gilliatt, pour mieux se protéger. La baie tranquille d'Ewe-Lani qui abritait leurs amours devenait par trop dangereuse, pas assez ouverte sur le vaste océan Moana. De toute façon, Gilliatt, prisonnier de sa respiration d'Homme, ne pourrait rien pour la défendre, une fois que les choses se dérouleraient sous l'eau.

Soutenue par ses pareilles qui la tenaient au courant du moindre déplacement de Iolani, elle esquivait ce dernier, changeant sans arrêt de lieu afin qu'il perde sa trace. À la fin, elle avait rejoint les eaux calmes et rassurantes de Faïmano, protégées par les îles du même nom, domaine des Sirènes depuis toujours, là-bas, très loin dans le sud. Elle savait qu'elle y serait en sécurité.

Arrivée presque au terme de sa grossesse, Heïa avait cependant souhaité se rapprocher de Gilliatt pour mettre au monde le fruit de leur amour. Malgré les douces recommandations de Tamateva, les objurgations plus énergiques de Vaïmana, les conseils, suggestions et avertissements de ses pareilles, elle s'était entêtée. Trompant leur surveillance, elle s'était enfuie de Faïmano.

De son côté, le perfide Iolani, prévoyant qu'une fois l'enfant né, il serait trop tard pour agir, avait cherché et retrouvé sa trace, puis s'était montré d'une implacable férocité.

La poursuite avait été acharnée et mouvementée. Heïa avait beau se dissimuler, il la retrouvait toujours. Elle avait à peine le temps de reprendre son souffle, de se reposer, de penser qu'elle avait réussi à le semer, qu'il la rattrapait.

L'aide apportée par les autres Sirènes, qui avaient retrouvé Heïa, était précieuse. Elles l'entouraient moralement et physiquement pour la protéger de l'acharnement de la Sirène mâle. Mais tout allait très vite, et Heïa était déjà mal en point, trop avancée dans sa grossesse pour retourner au seul lieu où elle se serait trouvée réellement en sécurité : les eaux calmes de Faïmano. De toute façon, elle ne le voulait pas.

À la fin, Iolani avait réussi à la séparer de ses compagnes. Toute seule, apeurée et angoissée, elle avait erré plusieurs jours le long de la côte d'Ewe-Lani.

Elle ne voulait pas s'éloigner du rivage, ignorant comment la fille qu'elle mettrait au monde, à moitié humaine, se comporterait dans la mer.

Les rares enfants métis nés dans le passé avaient toujours bien réagi, aussi à l'aise sur terre que dans l'eau. Mais Heïa, déjà mère dans son cœur, ne voulait pas prendre de risque.

D'autant plus que le temps s'était gâté. Une tempête d'une rare violence sévissait, et si Heïa ne s'en préoccupait pas, c'était parce qu'il lui suffisait de plonger : le calme régnait sous la surface agitée de la mer. À condition de rester suffisamment au large. Près du rivage, des vagues gigantesques déferlaient avec violence et fracas, le sable en suspension opacifiait l'eau, et on se heurtait à toutes sortes de débris terrestres collectés le long du littoral.

Heïa savait qu'il eût été plus sage de fuir le mauvais temps en se réfugiant dans les grandes profondeurs, ou même en émigrant dans une zone en dehors de la tempête. Mais évoluer dans des eaux plus claires, c'eût été courir le risque de rencontrer Iolani. Or, la naissance, qu'elle sentait de plus en plus proche, l'en empêchait.

Finalement, le mâle en colère l'avait acculée dans une anse minuscule sur la côte nord d'Ewe-Lani, et lui avait réclamé la bague. Il avait été franc : si elle refusait, il était prêt à la tuer pour s'en emparer! Heïa savait qu'elle était perdue. Elle lisait dans son regard qu'il la tuerait de toute façon, qu'elle lui remette ou non le bijou.

Stoïque et obstinée, elle s'apprêtait à l'affronter : tant qu'à mourir, autant le faire en combattant. Mais, sans lui laisser le temps de réagir, il l'avait saisie avec brutalité. Heïa avait résisté, se débattant avec l'énergie du désespoir. La partie était inégale, femme sirène enceinte contre mâle dans la force de l'âge.

Il l'avait giflée plusieurs fois avec rudesse, profitant de l'éblouissement qui s'en était suivi pour lui tordre le bras derrière le dos et ouvrir de force le poing qu'elle tenait serré. Il lui avait écarté les doigts avec rudesse, essayant de sortir la bague.

Ce faisant, il la blessait avec les dards de ses nageoires. Heïa saignait, mais il continuait. Puis ses amies étaient arrivées, l'ayant enfin retrouvée, et s'étaient jetées sur Iolani pour la libérer. Ce dernier était déchaîné, et les Sirènes avaient eu un mal fou à s'interposer entre les deux protagonistes. Elles avaient finalement réussi et, rouges et échevelées, elles formaient un rempart de leur corps pour protéger Heïa, ensanglantée, qui essayait de se sauver vers le large.

Iolani, furibond, avait reculé, pris son élan, et foncé sauvagement dans le tas, bras en avant, dards relevés, tranchant tout sur son passage. Il s'était jeté sur Heïa, épuisée, et, saisi par une barbarie sanguinaire, l'avait cruellement mordue à la main, en profitant pour arracher sa bague.

C'est alors que Ranitaké la Murène, dérangée dans la quiétude de son repaire favori, était intervenue, assistée de toute sa colonie. Les Murènes avaient attaqué Iolani avec une rare férocité, toutes dents dehors. Il avait dû abandonner la partie. Mais peu lui importait maintenant : il avait la bague…

Heïa avait profité de l'intervention salvatrice des Murènes pour fuir. Mais la peur et la fatigue avaient fait leur effet, elle ressentait les symptômes de plus en plus pressants de la naissance imminente. Exténuée, se vidant de son sang dans l'océan, elle n'avait eu que la force de se traîner sur une plage pour mettre sa fille au monde.

— Itia. Tu t'appelleras Itia, avait-elle murmuré en l'embrassant. Ça signifie la *Petite-fille-messagère-blanche*.

Elle avait eu le temps d'apercevoir Otahi en personne, faisant son apparition dans la baie, avant de succomber.

12

Flopi avait laissé la goélette des Kikongos partir la première. Il avait veillé à tout avec Pafou, le capitaine de cette dernière. Deux voyages avaient été prévus pour rapatrier les Kikongos. Pafou rejoindrait la côte du pays de N'Dé et débarquerait ses passagers par petits groupes tout le long du littoral. Ainsi, ils attireraient moins l'attention qu'en débarquant de façon massive dans un village portuaire comme Shango ou Bamako, même si ceux-ci étaient plus proches des collines de Koulibaly.

En supposant que les exploiteurs des Kikongos soient des gens haut placés qui ne manqueraient pas d'exercer des représailles, il ne fallait surtout pas donner l'éveil aux Hommes. Les Nains n'étaient pas du tout sûrs de gagner en portant la chose au grand jour, et les Floups étaient du même avis.

Personne n'avait pris le parti de ces derniers dans le passé, quand les Hommes avaient voulu en faire des esclaves, et même si certains d'entre eux avaient clamé haut et fort leur indignation, aucun ne s'était dressé contre les siens pour que cessent les tentatives d'asservissement des Floups. En revanche, ils se savaient fort critiqués pour leurs actes de piraterie, qui n'étaient finalement qu'un retour des choses.

De ce fait, les Kikongos préféraient œuvrer en silence, attendant le moment propice pour agir. Ils mettraient à profit ce temps de latence pour enquêter et démasquer les responsables. Parce que tout cela reposait sur un intérêt purement commercial, à savoir l'exploitation de l'or de l'île. Ils n'ignoraient pas que tôt ou tard le besoin d'enrichissement des Hommes reprendrait le dessus.

Malgré les arguments convaincants qui lui étaient présentés, Thioro avait refusé de faire partie du premier voyage. Elle savait que ses frères, une fois dans le pays de N'Dé, se trouveraient en terrain connu, portés par la joie et l'optimisme, donc aptes à se débrouiller tout seuls. Tandis que ceux qui resteraient sur l'île devraient encore affronter les incertitudes de l'avenir, les doutes et les questionnements, et elle se sentait plus utile en restant avec eux. De plus, l'hypothèse d'un autre débarquement d'Hommes n'était pas à éliminer : leurs émissaires n'étant pas revenus, ils s'informeraient de ce qui leur était arrivé.

Babah, pour trancher, avait proposé en riant un troisième choix à Thioro : venir avec eux chercher Gaïg.

— Je ne vois pas à quoi je vous servirais, avait-elle répondu. Je n'ai même pas pu empêcher sa disparition. Pourtant WaNdo nous avait avertis : il nous avait bien recommandé de veiller sur elle et de ne pas la laisser seule. Nous l'accompagnions partout, il y avait toujours une ou deux personnes avec elle. Elle n'a jamais émis de réflexion désobligeante, mais je suppose que ça a dû lui peser quelquefois. Il n'empêche que malgré toute notre attention, elle s'est envolée.

Kodjo était intervenue, pleine de bon sens :

— Mais elle n'était pas seule sur le bateau. Il y avait WaNdo lui-même, en plus des autres. Ils la protégeront.

« Et Mama Mandombé aussi », avait-elle ajouté mentalement. Comme pour mieux affirmer ce qu'elle avançait, elle avait serré fermement les lèvres en inclinant la tête d'un petit geste sec et volontaire. Elle avait alors senti peser sur elle le regard de WaNguira et, têtue, avait répété dans son esprit : « Et Mama Mandombé aussi. »

— Ce n'est pas si facile que ça, comment veux-tu protéger un poisson dans la mer? avait rétorqué Thioro, reprenant sans le savoir l'expression employée par WaNdo. Nous n'y avons pas réussi, en tout cas…

— Peut-être aussi que cette disparition fait partie de son destin, avait sentencieusement émis WaNguira. Et du nôtre…

Après un moment de silence, il avait ajouté, songeur :

— Est-ce qu'on peut visiter la mine avant de partir? Je n'y suis pas encore allé… Après tout, elle fera partie de l'histoire des Nains. Et l'île aussi. Sondja, la *Terre-du-désespoir-absolu*. Nimissa, la *Mer-du-désespoir-sans-fond*. Quels tristes noms. J'aimerais voir le lac.

— Je peux t'y emmener, j'y suis allée, avait proposé Keyah. Le temps que tout soit prêt, on sera revenus…

— Tu viens avec nous, Kodjo? ordonna aussitôt WaNguira plus qu'il ne le demanda à la jeune fille qui n'avait pas voulu être du premier voyage.

Elle se leva docilement pour les accompagner ainsi que Mukutu et Babah. La progression s'effectua en silence, dans un certain recueillement. Que de souffrances avaient endurées leurs frères! Il fallait à tout prix éviter que cela ne recommence. Donc en garder le souvenir pour l'avenir.

Pour ce faire, les Nains ne disposaient que de la tradition orale. Encore fallait-il la construire, cette tradition, et la mémoriser pour les générations futures. Les Kikongos s'en chargeraient, bien entendu, mais c'était le rôle des grands prêtres, dépositaires de la mémoire collective, de sacraliser les lieux. WaNdo, n'ayant pas été initié de façon traditionnelle, n'avait pu le faire, et la responsabilité en incombait donc à WaNguira.

Une fois arrivé au bord du lac, il examina les alentours et se dirigea vers deux rochers jumeaux. L'un d'eux avait une forme de pyramide. Il s'en approcha et le considéra longuement : il dégageait de bonnes vibrations, c'était exactement ce qu'il lui fallait. Le grand prêtre saisit le pic qui ne le quittait jamais, pendu à sa ceinture.

— Qu'est-ce que tu veux lui faire ? l'interrompit Kodjo.

Puis elle ajouta doucement :

— C'est le rocher de WaNdo.

WaNguira avait arrêté son geste, écoutant la jeune Naine :

— La pyramide n'est pas très régulière, il était déjà aveugle quand il l'a taillée. C'est là qu'il a trouvé l'anneau de Nyanga, dans le feu qui ne chauffe pas. Je l'ai un peu aidé : regarde, j'ai gravé le signe des Kikongos sur la face qui donne sur le lac.

WaNguira se pencha, surpris, pour examiner la partie indiquée par Kodjo. L'étoile à quatre branches y figurait, creusée profondément dans le roc.

— Alors je n'y toucherai pas, Kodjo, puisque le travail est déjà fait. C'était ça, mon but : laisser ici une trace de votre passage. Mais WaNdo a eu la même idée. Et je suis content que tu l'aies aidé. Monte dessus.

WaNguira avait pris sa décision quand il avait capté la pensée de Kodjo affirmant, au sujet de la protection de Gaïg : « Et Mama Mandombé aussi. » Mû par une intuition, il avait discrètement sondé son passé, examiné sa naissance, sa vie, et conclu que les signes étaient favorables.

Autant il avait mis du temps à trouver son propre successeur en la personne de Nihassah, autant, semblait-il, les choses se déroulaient très vite pour les Kikongos. Après le choix de Thioro par la tribu pour être chef, voilà qu'il trouvait celle qui serait leur grande prêtresse, celle qui verrait pour WaNdo en attendant de lui succéder un jour.

WaNguira se sentait sûr de lui comme il ne l'avait pas été depuis longtemps. Et pourtant… Choisies en moins d'une journée, deux femmes, jeunes de surcroît, pour des rôles clés comme celui de chef de tribu et de grande prêtresse... Trois, si l'on comptait Nihassah... Décidément, les temps changeaient...

Kodjo, après s'être juchée tant bien que mal sur la pyramide, avait choisi de se tenir accroupie sur l'une de ses faces, dos au lac. Seule sa taille menue lui permettait de garder son équilibre sur la pente étroite et abrupte de la roche.

WaNguira était passé derrière elle et avait posé les deux mains à plat sur l'étoile gravée par Kodjo elle-même.

— Ferme les yeux. N'aie pas peur, il ne t'arrivera rien.

Kodjo obéit docilement :

— Je n'ai pas peur.

Elle demeura immobile, dans l'attente de ce qui arriverait. Malgré l'inconfort de la posture, aucun muscle de son corps ne bougeait. Son visage lisse n'exprimait aucun sentiment. Elle ressemblait de plus en plus à une statue taillée dans le roc.

WaNguira, toujours dans la même position, marmottait une mélopée très douce, dont le rythme allait s'accélérant.

Un long moment se passa avant que Kodjo se mette à parler. Sa voix avait perdu ses inflexions enfantines et adopté une tonalité beaucoup plus grave :

— Je sens battre le cœur de la Terre. La Terre est en moi. Celle du commencement et Celle de la fin. Je suis la Terre. Je suis jeune et vieille à la fois, née et encore à naître. Je suis multiple et une en même temps. Je me souviens de tout et je lis l'avenir dans le passé. Mon histoire est sans fin. Et cette histoire est mienne, comme sont miennes ma vie et ma mort.

La jeune Naine se tut et, dans le silence ambiant, Babah, Mukutu et Keyah sentirent eux aussi la pulsation venue du fond des âges. Oh, ils la connaissaient, cette pulsation, puisqu'ils étaient nés d'elle. Dans le ventre de leur mère, ils l'avaient éprouvée quotidiennement.

C'était elle, fondue dans celle du cœur maternel, qui leur avait donné leur identité de Nains. Au moment de leur naissance, le battement s'était estompé, laissant la place à celui de leur propre cœur : il avait repris son rythme normal, trop lent pour être perçu par des êtres de chair.

C'était le rythme de la Terre, celui qui créait les continents, déplaçait les océans, usait les montagnes, changeait le tracé des rivières et modifiait les côtes. Une vie de Nain permettait à peine d'entrevoir les changements, une vie d'Homme n'y suffisait pas.

WaNguira, en accélérant ce rythme, avait concentré le temps pour Kodjo : il fallait qu'elle apprenne, pour elle et pour WaNdo. Et pour les Kikongos. Ce faisant, il l'avait vieillie de plusieurs siècles, faisant passer directement de la Terre en elle un savoir vieux de plusieurs millénaires. Ce dernier était déposé en elle, à l'état latent, prêt à servir quand le besoin s'en ferait sentir.

Vu les circonstances, il n'aurait pas été sage d'attendre : former à la prêtrise requérait un enseignement de plusieurs centaines d'années, auquel WaNdo avait échappé par la force des choses. Il n'avait été formé par aucun grand prêtre, n'avait été initié par personne. S'il avait été sur l'île, c'est lui qui se serait tenu là, à la place de Kodjo, et WaNguira aurait déposé en lui cette connaissance accumulée par les Nains au fil du temps.

Maintenant, WaNguira attendait, plein d'espoir, pour voir si la jeune Naine entrait en relation avec le grand prêtre des Kikongos. Si ça se réalisait, ce serait la preuve qu'il avait bien agi. Les deux, WaNdo et Kodjo, ne formeraient plus qu'un, et l'un puiserait à la source du savoir à travers l'autre.

WaNguira, dans ses tentatives de communication avec WaNdo alors qu'il était encore sur le bateau des Floups, n'avait vu que la mer. Il avait d'abord cru à un échec, avant d'apprendre, en mettant pied à terre, que le grand prêtre n'était pas sur l'île.

Après réflexion, il avait compris que WaNdo, aveugle sur un bateau, ne pouvait lui montrer que l'image qu'il avait en tête, à la lumière du souvenir : un infini de bleu, le ciel et l'océan. WaNguira lui envoyait donc Kodjo, elle serait à la fois ses yeux et le réceptacle de l'enseignement qu'il n'avait pas eu le temps de recevoir. Il y cueillerait les informations nécessaires quand les circonstances l'exigeraient.

Le battement sourd de la Terre avait un peu perdu de son intensité. Il se ferait de plus en plus lent, jusqu'à sembler s'être éteint quand il aurait retrouvé son rythme normal. Tout était vivant sur la Terre, y compris les pierres, les rochers, les montagnes. Ils bougeaient, comme le reste, et ce mouvement, c'était la vie.

Ceux qui le niaient, prétendant que le monde minéral était un monde mort, étaient ceux qui ne la percevaient pas. Mais les Nains savaient, eux. Les événements reprendraient leur cours habituel, plus ou moins rapide, mais figés dans un immobilisme apparent en ce qui concernait la roche.

Leur cœur battant encore à l'unisson, Keyah, Babah et Mukutu attendaient le moment où il faudrait se séparer de la pulsation terrestre. Ils la suivraient le plus longtemps possible, bien sûr, mais ils n'ignoraient pas que tôt ou tard, ils seraient de nouveau sous l'emprise de leur corps physique et retrouveraient leur propre rythme.

Pour Kodjo et WaNguira, ce serait différent : ils pouvaient aller beaucoup plus loin dans le ralentissement de leur rythme cardiaque, ils reviendraient à une cadence normale quand ils le jugeraient bon.

La jeune Naine n'avait pas bougé, sa poitrine se soulevant à peine sous l'action de sa respiration, très lente. Elle se remit à parler :

— Je suis la Terre, une et multiple. La mer est en moi, la mer est ma limite. Elle me dévore et elle me crée. Je suis la Mer. Je finis où Je commence.

Un silence s'ensuivit. Puis elle reprit, d'une voix virile cette fois :

— Gaïg n'est pas à bord, me dit-on. Effectivement, je ne l'entends pas. Mais même si j'ignore où elle est, je sens qu'elle est vivante. Si elle était morte, je le saurais. Elle a seulement disparu.

Un soulagement intense mais bref envahit WaNguira : il avait réussi. Kodjo émettait à mi-voix les pensées qui agitaient l'esprit de WaNdo. Mais Gaïg avait de nouveau disparu, et l'angoisse latente qu'il éprouvait toujours quand il s'agissait d'elle surgit de nouveau. Kodjo poursuivait :

— Quoi que prétende ce jeune Floup à son sujet, il a tort. Il dit s'appeler Pilaf et semble très débrouillard. Mais il ignore qui elle est. Il ne sait pas non plus où nous sommes. Il ne le dit pas, mais je lis dans son esprit. Nous sommes perdus en mer. Il ne considère pas les choses ainsi parce que c'est un Floup.

« Les Floups ne sont jamais perdus en mer. Quand ils ont l'expérience de la navigation… Mais Pilaf est jeune. Il n'a que treize ans, ou douze ans, je ne sais plus. Il ne maîtrise pas tout. Enlevé par les Hommes à l'âge de cinq ans, a-t-il raconté… Il a beaucoup appris avec eux. Mais il n'est pas encore autonome, quoi qu'il prétende. Il essaie, en tout cas… Il a tellement envie que la *Bella-Bartoque* devienne son bateau… Et nous finirons bien par arriver en quelque part…

« Mais où est Gaïg? Je ne la sens nulle part… Il n'y a que de l'eau autour de nous. Et pas beaucoup de vent. Mais des algues, m'a dit Mfuru, des algues d'une longueur démesurée… Je ne vois rien, mais j'ai confiance. Je sens de plus en plus qu'il y a là, tout près, un immense savoir à ma disposition. Il suffit que je trouve le chemin pour y accéder. »

13

La nuit allait bientôt tomber. Malgré cette journée entière passée dans l'eau, Gaïg ne se sentait pas trop fatiguée physiquement. En revanche, son anxiété avait grandi et elle devait faire appel à tout son sang-froid pour ne pas sombrer dans le désespoir ou se laisser aller à la panique.

Depuis l'épisode de l'algue et de la noix de coco, il ne s'était rien passé de notable. Ce qui avait pour effet de la rassurer et de l'inquiéter en même temps. En effet, elle ne se sentait aucun courage pour affronter de nouvelles rencontres. Sauf s'il s'agissait d'un bateau, évidemment...

Hélas, il n'y avait aucune embarcation en vue. Seulement cette ligne sombre qu'elle avait aperçue au début et qui l'entourait maintenant de toute part. Gaïg comprit alors qu'elle avait dérivé toute la journée et qu'elle était « arrivée ».

La ligne qui l'avait tant intriguée le matin même était composée par l'amas des branches, des algues, de tout ce qui était charrié par le flot. Cela formait un enchevêtrement inextricable à la surface même de la mer. L'eau, en amenant sans cesse de nouveaux matériaux, avait provoqué cet amoncellement, apparemment de plus en plus dense.

Gaïg était perplexe. Que faire? Elle avait espéré que le courant perdrait de sa force en se diluant dans l'océan, mais visiblement, ce n'était pas le cas. Est-ce que cet agrégat végétal formait une île en son milieu? Mais où se trouvait son centre?

Il y avait surtout des algues géantes, quelques branches, de rares troncs, des cocos en quantité non négligeable, et même des restes de planches, mais elle n'apercevait rien de vivant ou de mort, heureusement. Éviter un cadavre dans cet agglomérat représentait une épreuve au-dessus de ses forces, qu'elle préférait ne pas devoir affronter.

Quels animaux vivaient là-dedans? Et comment en sortir? Gaïg préférait encore la pleine mer, le vide de l'océan avec le bleu du ciel comme plafond, à cet entassement désordonné, receleur de monstres innombrables.

Et pourtant, peut-être qu'en plongeant très profondément, elle pourrait passer sous le courant… Si c'était la seule solution… À vrai dire, elle n'avait aucune idée de ce que devenait un courant en profondeur. Est-ce qu'il perdait de sa force, ou bien se prolongeait-il tout au fond, raclant le sol et entraînant tout ce qu'il trouvait sur son passage ?

Gaïg regrettait de n'avoir pas pensé à cette solution plus tôt : plonger pour échapper à la force des flots. Maintenant qu'elle étudiait cette possibilité, elle se rendait compte de la difficulté de sa réalisation : ça devait être aussi encombré au-dessous qu'au-dessus. Peut-être même qu'on n'y voyait rien… Et une fois sous la surface, comment saurait-elle qu'elle avait pris la bonne direction, celle qui l'éloignerait du centre ?

L'esprit assailli de questions sans réponses, elle décida néanmoins de tenter le tout pour le tout : elle nagerait toujours tout droit, le temps qu'il faudrait. Il valait mieux agir que rester là, passive, à attendre elle ne savait quoi, dans une obscurité croissante.

Elle commença par vérifier qu'elle maîtrisait toujours la respiration sous l'eau simplement en immergeant la tête, puis, son entreprise ayant été couronnée de succès, elle se lança courageusement sous la surface.

Dès les premières brasses, elle fut tentée de renoncer à son projet, tellement le fouillis était dense autour d'elle. Alors que des choses molles et gluantes, sans doute des algues, la caressaient au passage, d'autres, plus dures, l'égratignaient.

Gaïg modifia sa trajectoire de plongée, légèrement oblique, et opta pour la verticalité, qui abrégerait le trajet. Il lui était difficile cependant de garder sa direction, dans la mesure où elle devait se frayer un chemin à travers les obstacles. L'entreprise s'avérait plus ardue qu'elle ne l'avait escompté parce qu'elle était obligée d'écarter ce qui la gênait et de chercher un espace dans lequel se faufiler.

Elle trouva que l'eau elle-même était croupie et avait un goût de moisi. Pendant combien de temps tiendrait-elle là-dessous ? Gaïg continua cependant courageusement sa progression, qui devenait de plus en plus lente et ardue, tenant davantage de l'escalade – inversée, pensa-t-elle, puisqu'elle se dirigeait vers le bas – que de la nage.

Le sang battait à ses tempes et elle sentit qu'elle manquerait bientôt d'air. Dans une mer limpide, elle pouvait « respirer ». Mais cette nappe stagnante formait une mer dans la mer et ses eaux, emprisonnées par le courant, ne se renouvelaient pas suffisamment. Une certaine obscurité l'environnait.

De très minces algues, fines comme des cheveux, emplissaient maintenant le moindre espace libre, et Gaïg envisageait de remonter avant qu'il ne soit trop tard et qu'elle ne périsse, prisonnière d'une mer plus solide que liquide. Quelle aberration, quand même, cette accumulation d'algues géantes et de végétaux variés, en plein cœur de l'océan…

La tête lui tournait. Elle était maintenant aux prises avec ces algues filamenteuses qui l'enserraient dans une masse vivante. L'agrégat de varechs et de branches se faisait plus clairsemé, remplacé par cette chevelure dense et mouvante dans laquelle elle ne progressait guère mieux.

Gaïg se décourageait, estimant que la situation se compliquait sérieusement, quand l'espace se dégagea alentour. D'un seul coup, il n'y eut plus rien autour d'elle, hormis l'eau. Elle en conclut qu'elle était venue à bout de la masse végétale, et cela lui insuffla un peu de courage.

Elle opta aussitôt pour un déplacement horizontal, avec l'intention de vérifier de temps en temps, en tentant de faire surface, si l'amalgame d'algues et de bois divers était toujours là. En tout cas, il n'y avait pas de courant à cette profondeur et l'eau était absolument stagnante. Mais limpide.

Gaïg connut un bref moment de contentement : elle nagerait le temps nécessaire, toute la nuit s'il le fallait, afin de se libérer de l'emprise de l'accumulation végétale qui lui tenait lieu de plafond. Mais elle fut bientôt surprise de se trouver en face d'un mur. Quelque chose se trouvait là, devant elle, qui l'empêchait de continuer. Au toucher, c'était à la fois rigide et élastique, impossible à traverser en tout cas. Bien que sa vision dans l'obscurité se fût améliorée, elle avait du mal à distinguer de quoi c'était fait.

Gaïg choisit de longer l'obstacle, et continua de nager, vérifiant de la main droite que le « mur » était toujours là. Il lui semblait vraiment très long, et elle mit un moment avant de comprendre qu'elle tournait en rond. La paroi, pour immense qu'elle fût, était circulaire, et Gaïg aurait pu nager pendant une éternité sans en sortir.

Elle décida de plonger plus profondément, se disant qu'il y aurait bien une issue vers le bas, par laquelle elle pourrait s'échapper. Elle avait dû s'introduire dans une sorte de tube très large, qui ne laissait pas pénétrer les déchets de la surface. Peut-être que les algues filamenteuses servaient de barrage. Mais qu'était ce tube ? Il n'avait pas la rugosité d'un tronc creux, sans être mou pour autant ; de toute façon, c'était bien trop grand pour être un tronc. Ce n'était pas de la pierre non plus, et l'espoir d'un tunnel sous-marin qui la ramènerait à l'air libre s'évanouissait chaque fois qu'elle touchait la paroi.

En effet, Gaïg avait beau s'aventurer en profondeur, elle se heurtait toujours au mur qui paraissait aller en se resserrant. Après une longue exploration des lieux, elle finit par comprendre qu'elle se trouvait à l'intérieur de ce qu'elle qualifia de « salle », à défaut d'autre information.

La forme, semi-sphérique vers le haut, était ovoïde en profondeur. Curieusement, l'eau était claire, ce qui lui fit écarter l'hypothèse de l'animal. Si elle avait été « avalée » par un animal géant, elle serait en train d'être digérée, ce qui n'était pas le cas. D'ailleurs, la chose était bien trop vaste pour être un animal, lui semblait-il. Encore que…

Elle hésitait entre remonter vers la surface et creuser le « mur » devant elle. Sans outil, ce serait d'autant plus difficile qu'il n'y avait aucune prise : l'intérieur, bien que boursouflé, était plutôt lisse. Son unique tentative, à main nue, se solda par un flagrant échec : la paroi se déforma immédiatement vers l'extérieur et reprit sa place, créant un violent remous intérieur qui projeta Gaïg en arrière.

Tout aussitôt, elle entendit un gargouillement et s'aperçut avec surprise que cela formait des mots dans son esprit. C'était pour le moins surprenant, et elle demeura un moment interdite, la main serrée sur sa Pierre des voyages afin de mieux comprendre. La « chose » donnait à l'eau la forme de petites boules de différents diamètres, et ces boules composaient des mots et des phrases qui avaient un sens.

— Bloob! Je te trouve bien agressive, bloob! bloob! pour me pincer ainsi, petite affaire. Bloob!

S'ensuivit un jet de boules d'eau beaucoup plus grosses, avec une cible toute désignée. Cela ne faisait pas vraiment mal : les projectiles éclataient sur le corps de Gaïg et se dissolvaient immédiatement. Mais la consistance de l'eau, beaucoup plus dense quand elle formait une boule, la surprenait. Quel animal pouvait ainsi commander à l'eau au point de modifier sa structure? À moins que ce ne fût pas un animal... Une plante?

Gaïg ne bougeait pas, consciente qu'il valait mieux se tenir tranquille afin de ne pas énerver la « chose », qui finit d'ailleurs par se calmer. Elle avait diminué la force de ses projectiles.

Gaïg examinait autour d'elle, en quête d'un détail qui lui permettrait au moins de classer son assaillante parmi les végétaux ou les animaux. Une tête, une bouche, des yeux, auxquels elle pourrait s'adresser. Ou même un tronc, des branches, des feuilles. Quelque chose de connu, quoi. Même une algue ferait l'affaire. Mais ses efforts demeuraient vains, tout semblait lisse autour d'elle. Du moins ce qu'elle pouvait en voir.

Elle devait déjà s'estimer heureuse de pouvoir comprendre ce que l'autre lui avait dit. Même si elle l'avait traitée de « petite affaire »… Gaïg était désorientée par cette dénomination plutôt inattendue. Était-il possible que la Pierre des voyages se trompe dans ses traductions? Ou bien la « chose » employait-elle un vocabulaire un peu spécial?

Il est vrai qu'elle-même se permettait bien de l'appeler « chose »… Mais comment procéder quand on est en milieu inconnu et qu'on ignore à qui l'on s'adresse? Et puis l'autre n'était pas censée savoir que Gaïg l'avait surnommée ainsi…

— Excusez-moi, je ne savais pas que vous étiez vivante. Qui…

Le bombardement recommença, sans laisser à Gaïg le temps de terminer sa phrase.

— Bloob! Tu es bien vivante, toi! Alors moi aussi! Bloob! Mais j'ignore qui tu es, petite affaire… Et comment tu es arrivée là… Bloob! Je suis même étonnée de te comprendre.

— C'est grâce à ma Pierre des voyages que nous nous comprenons, répondit Gaïg, heureuse de s'avancer sur un terrain neutre. Je m'appelle Gaïg.

— Bloob! Bloob! Ga-ïg. Tu t'appelles Ga-ïg et tu te baignes dans mon eau.

— J'aimerais mieux ne pas y être. C'est bien malgré moi que je m'y trouve. Vous savez comment je peux sortir d'ici?

— Bien sûr que je le sais. Bloob! Mais encore faudrait-il que je le veuille… Bloob! J'ai rarement des choses vivantes à manger, moi. Bloob! Bloob!

— Mais je ne suis pas de la nourriture, corrigea immédiatement Gaïg, tous les sens en alerte. Je suis une fille.

— Mais les « filles », c'est de la nourriture… Bloob! Tu me fais rire, petite affaire! Bloob! pardon, Ga-ïg.

— Si j'étais de la nourriture, je n'aurais pas de nom. Et je ne vous parlerais pas comme je le fais, précisa Gaïg, prête à utiliser n'importe quel argument pour convaincre son interlocutrice et conjurer la montée de la peur en elle.

— C'est vrai que mes repas sont plutôt muets, d'habitude. Bloob! Il est rare que je discute avec mes plats… Mais c'est aussi parce que je les endors… Je me sens parfois un peu seule, d'ailleurs.

— Mais vous, qui êtes-vous?

— Bloob! Bloob! Bloob! Quelle indiscrétion! Je ne vais pas te répondre. Bloob! Bloob! Néanmoins, tu peux m'appeler Spongia. De mon vrai nom, Spongia Magna. Bloob! Mais tout le monde dit Spongia. Enfin, tout le monde, n'exagérons pas…

— …

Gaïg attendait une suite qui ne venait pas. « Spongia » était le nom de la « chose », mais elle ne s'en trouvait pas plus avancée pour autant. Et elle devait agir avec précaution : elle était prisonnière, puisqu'il était dans le pouvoir de l'autre de lui montrer ou non la sortie. Et même de l'endormir pour la manger, semblait-il. Rassemblant tout son courage, elle finit par demander :

— Mais où êtes-vous cachée? Je ne vous vois pas…

— Bloob! Bloob! Petite affaire menteuse! Tu ne me vois pas et tu m'as pincée! Bloob!

Spongia émit aussitôt un jet de boules d'eau en direction de Gaïg. Les boules étaient plus petites cette fois, comme si l'eau avait été concentrée, et la réception fut un peu plus douloureuse. Gaïg comprit que pour une quantité donnée, plus la boule était petite, plus elle se faisait dense et était de ce fait susceptible de générer une douleur. Si encore elle savait à qui elle avait affaire… Amie ou ennemie? Pour le moment, l'attitude de l'autre l'entraînait vers la deuxième solution. Elle fit une dernière tentative :

— Je vous jure que je ne sais pas qui vous êtes. Je viens de l'air. Enfin, de la terre… C'est-à-dire que d'habitude je ne vis pas dans la mer. J'ai besoin de respirer de l'air. Je ne suis pas un poisson, quoi, je ne peux pas vivre sous l'eau…

Gaïg se rendit compte qu'elle s'embrouillait. Comment Spongia pouvait-elle la croire? Constatant le silence de cette dernière, elle en profita pour continuer :

— J'étais sur un bateau. Je me baignais et le courant m'a entraînée jusqu'ici. Je ne pouvais pas rester là-haut, il y avait trop d'algues et de branches. J'ai plongé, je tentais de passer sous le courant. Je ne voulais pas vous déranger, je croyais que vous étiez un mur, et j'ai essayé de creuser une issue. L'eau était très mauvaise, là-haut. Elle est beaucoup plus claire, ic…

— Bloob! Évidemment, qu'elle est plus claire, ici! Il faut bien que je me nourrisse. C'est en la filtrant, petite affaire, que j'en tire ma subsistance! Bloob! Ce n'est pas tous les jours que les flots m'apportent une proie comme toi! Vivante, en plus! Bloob! Bloob!

— Puisque je vous dis que je ne suis pas de la nourr...

— Pas de la nourriture, prétends-tu... Je le saurai quand je t'aurai goûtée. Bloob! Allez, au dodo!

Gaïg se sentit envahie par un effroi sans nom. Allait-elle périr là, digérée vivante par une créature inconnue et susceptible? Prise d'une inspiration, elle suggéra d'une toute petite voix :

— Je pourrais vous tenir compagnie... Vous avez dit que vous vous sentiez seule, parfois.

— Bloob! Sûr qu'il ne passe pas beaucoup de monde par ici! L'eau est trop altérée. Elle est corrompue par la décomposition de tout ce qui arrive de là-haut. Rien ne survit. Sauf moi, bien sûr! Bloob! C'est d'ailleurs mon rôle ici-bas, peut-être : vivre pour purifier cette eau...

Gaïg sentit naître un mince espoir dans son cœur et elle entrevit une porte de sortie dans la solitude de Spongia : si elle arrivait à se rendre indispensable en servant de dame de compagnie, peut-être que la « chose » ne la mangerait pas.

Elle se sentait tout à coup capable de parler pendant des heures, de raconter sa vie en inventant mille péripéties s'il le fallait : tout était préférable à cette digestion qui l'attendait. Elle pensait néanmoins qu'il lui faudrait faire très attention à ce qu'elle dirait, la créature ayant apparemment un caractère des plus ombrageux.

— Mais vous, comment faites-vous pour survivre? osa-t-elle demander, espérant secrètement ne pas commettre un impair avec cette question indiscrète.

14

Quand la mère d'Heïa, Vaïmana l'Ancienne, était arrivée pour lui porter secours, il était trop tard. Vaïmana avait nagé plusieurs jours de suite depuis Faïmano, mais n'avait pu arriver à temps.

C'est le cœur brisé qu'elle avait vu Otahi, la Première, confier sa petite-fille à une Naine qui se trouvait sur la plage. Elle se souvenait encore, par bribes, des paroles prononcées par la Première : « Tu l'appelleras Gaïg. C'est la descendante de Yémanjah que vous attendiez tous. Personne ne doit connaître son identité… »

Otahi intervenant en personne, il n'y avait rien à dire. De plus, bien que déchirée dans son cœur, elle savait que c'était, dans l'immédiat, la solution la plus sage pour protéger l'héritière de la Lignée.

Iolani avait été alors interdit de séjour dans certaines zones bien délimitées de l'océan, à commencer par les parages de Faïmano.

N'éprouvant aucun regret de la mort d'Heïa qu'il considérait comme une traîtresse, furieux de son échec quant à l'accession au pouvoir, détesté de toutes, honni partout, il avait d'abord disparu de la circulation. Il avait choisi l'isolement, dans la grotte de Poerava, cet îlot perdu de l'océan Moana.

Tout le monde ignorait où il s'était réfugié, ce qui l'arrangeait : personne n'aurait ainsi l'idée de venir récupérer la bague d'Heïa, dont les anneaux s'étaient malencontreusement séparés au cours de la bataille qu'il avait menée contre elle.

Cette bague si précieuse pour les femmes sirènes, ce bijou qui, disaient-elles, leur conférait le pouvoir qu'elles détenaient depuis tant de siècles, simplement parce qu'il leur permettait de ne mettre au monde que des filles... ce joyau inestimable se trouvait maintenant en sa possession. Et ça valait tous les exils du monde. Il suffisait d'attendre son heure.

Pour plus de précautions, il avait dissimulé les anneaux en deux endroits distincts, avant de les protéger par un sortilège igné destiné à les soustraire à la cupidité d'un éventuel découvreur de trésor. Sortilège inutile, puisqu'un lustre à peine s'était écoulé quand le premier anneau avait été « volé ». Par un Nain, Iolani le savait, puisque eux seuls avaient accès à sa grotte. Ces créatures envahissantes qui, à force de fouiller le ventre de la Terre, étaient parvenues à *son* lac.

Iolani était arrivé trop tard pour défendre son trésor, il n'avait même pas eu la consolation de trucider ce Nain maudit, qu'il traitait rageusement dans son esprit d'« ébauche ratée d'humanité » à cause de sa petite taille. Ah, s'il avait pu le noyer…

Et voilà que maintenant, Aroha et Tahitoa, ces deux baudroies dégénérées, non contentes de l'avoir découvert, avaient divulgué le lieu exact de son refuge aux autres Sirènes. Quelles rascasses, quand même! Et d'abord, pourquoi étaient-elles là? Que cherchaient-elles? Peut-être rien du tout, peut-être lui, peut-être la bague….

Iolani, dans le doute, avait quitté les lieux. Il désirait la paix avant tout. Pressentant que de nombreuses autres Sirènes, poussées par la curiosité, hanteraient les lieux sous peu, il avait élu refuge ailleurs, dans une forêt d'algues géantes qui lui fournissait abri et nourriture.

Aroha et Tahitoa, quant à elles, avaient choisi d'avertir Vaïmana l'Ancienne, intriguées qu'elles étaient par cette nageuse exceptionnelle qu'elles avaient sauvé et qui portait au doigt une bague qu'elles croyaient reconnaître.

Une fois mise au courant, Vaïmana l'Ancienne n'avait pas tardé à apparaître dans les eaux de Poerava. Elle avait identifié, en cette nageuse émérite qui passait son temps sous l'eau, sa petite-fille Itia, disparue subitement d'Onaku, cette baie de l'océan Moana où elle avait vu Otahi la confier à une Naine. Onaku, où elle lui avait rendu visite régulièrement pendant ces dernières années.

Vaïmana avait aussitôt reconnu sa propre bague qu'elle lui avait offerte, par le biais de Ranitaké, il y avait maintenant presque trois ans de cela, aussi bien pour la protéger elle, Itia, que pour mettre le joyau en sûreté. Parce que l'avenir du peuple sirène était en jeu, à travers ces deux bijoux portés par les souveraines en place.

Iolani n'avait reculé devant rien pour entrer en possession des deux anneaux d'Heïa, et il essaierait tôt ou tard de s'approprier les siens, Vaïmana le pressentait. Or elle se savait aux portes de la vieillesse, avec ce que cela comportait comme handicap. Oh, elle était encore solide, bien sûr, mais elle éprouvait une espèce de lassitude qui lui donnait envie de se retirer de la scène publique. En apprenant les amours d'Heïa et sa grossesse, elle avait escompté passer du temps avec Itia, sa petite-fille à venir.

Les événements ne s'étaient pas du tout déroulés comme prévu, au point qu'Otahi elle-même avait jugé bon d'intervenir. À cause de la prophétie, bien sûr... La Première avait reconnu en Itia celle de ses descendantes qui, comme elle, était fille de la Terre et de l'Eau. Celle qui trouverait la terre promise au peuple des Nains.

C'est à dessein qu'elle avait confié Itia à une Naine, en lui disant de l'appeler Gaïg. Afin que cette dernière accomplisse son destin. Et aussi afin de brouiller les recherches, évidemment. Pour que toute trace d'Itia soit effacée sous l'eau.

De même que la majeure partie des Sirènes ignorait où était passé Iolani, elles ignoraient également ce qu'il était advenu de la fille d'Heïa. Peut-être que le bébé n'avait pas survécu... Mais à qui le demander sans rouvrir une blessure douloureuse? Vaïmana n'avait rien fait pour lever l'incertitude, se contentant de rendre visite à Itia en cachette, toujours toute seule.

Une ou deux fois, Tamateva l'avait accompagnée, et son vieux cœur s'était réjoui. Heïa n'était plus, mais la descendance était assurée, la Lignée sacrée des femmes sirènes ne disparaîtrait pas encore. Tant qu'Itia resterait sur la terre ferme, elle serait en sécurité. L'inquiétude était née chez la grand-mère et l'arrière-grand-mère quand Itia avait disparu d'Onaku. Et voilà qu'elle réapparaissait, à Poerava...

Comment Itia était-elle arrivée là, Vaïmana l'ignorait. En revanche, elle savait qu'elle la défendrait au péril de sa vie contre le monstre qui n'avait pas hésité à assassiner sa mère. Elle était restée à patrouiller dans les parages de l'île, veillant constamment sur Itia sans que celle-ci se doutât de rien. Heureusement, Iolani, sans doute dérangé dans sa retraite, avait évacué les lieux.

Aroha et Tahitoa avaient visité sa grotte à plusieurs reprises, et assuré Vaïmana de l'absence de la Sirène assassine. L'Ancienne, si elle s'était sentie momentanément soulagée, n'avait pas relâché sa surveillance pour autant. Il lui semblait que le sort s'acharnait sur sa petite-fille, à l'amener aussi près du danger. Il est vrai qu'il y avait une prophétie en cours de réalisation, et quand les Dieux entrent en jeu…

Puis Iolani était revenu. Vaïmana avait frémi quand elle avait vu Itia cachée au fond du bassin, contemplant la Sirène mâle de retour dans son repaire. Itia, apparemment admirative, mais trop intimidée pour se montrer. Puis une Naine avait plongé et Iolani s'était éclipsé.

Peu après, Vaïmana avait vu un jeune Salamandar offrir quelque chose à Itia et elle avait tout compris quand elle avait perçu les vibrations dégagées par la colère de Iolani. Elle pouvait lire ce qui se passait dans les vagues, dans la couleur de l'eau, et surtout, dans les terribles rugissements du mâle dépossédé de ce qu'il considérait lui appartenir.

Elle avait été rassurée de savoir Itia sur l'île, loin du bassin maudit. Mais elle se doutait que sa petite-fille rejoindrait tôt ou tard l'élément liquide, et que Iolani ne l'épargnerait pas. Même s'il ignorait encore qu'elle fût la fille d'Heïa, il l'identifierait immédiatement, grâce à ses anneaux. Et s'il avait tué Heïa pour s'en emparer...

Vaïmana avait longuement observé Itia pendant son dernier bain nocturne en bordure du bateau, avant que le jeune Floup ne détache l'amarre. Elle avait bien étudié le triple anneau qu'elle portait au doigt : le double, celui qu'elle-même lui avait remis par le biais de Ranitaké la Murène, et le simple, celui offert par le Salamandar, qui correspondait à la moitié du double anneau d'Heïa volé par Iolani. Mais où était passée l'autre moitié ?

En tout cas, elle était belle, sa petite-fille. Superbe ! La couche de graisse protectrice qui lui entourait le corps était généreuse et ferme.

On la devinait, malgré les vêtements, plus épaisse au niveau du tronc, pour mieux protéger les organes vitaux. Ses yeux écartés, placés un peu sur le côté de sa tête, agrandissaient son champ de vision, afin de mieux se déjouer des dangers de la mer.

Ses larges narines laissaient supposer un réseau capillaire très dense qui lui permettrait, le moment venu, de se sentir aussi à l'aise sous l'eau que sur terre. Ses doigts écartés laissaient voir des membranes d'une finesse et d'une transparence délicates.

Évidemment, il y avait les jambes… Mais Vaïmana avait eu le temps de s'habituer à cette particularité anatomique pendant les longues heures passées à observer discrètement la nageuse dans la baie de son village.

En la voyant là, s'ébattant près du bateau, Vaïmana avait senti fondre son cœur une fois de plus, et s'était juré, le danger augmentant, de ne plus la quitter. Quand elle avait vu le jeune Floup détacher l'amarre, elle avait suivi l'embarcation sans se poser de questions puisqu'elle était sûre qu'Itia s'y trouvait. Sans savoir, à ce moment-là, qu'elle devrait intervenir aussi rapidement pour éloigner Iolani.

Par la suite, elle avait assisté, émue jusqu'au tréfonds de son être, aux premières respirations sous-marines d'Itia : sa naissance dans ce monde sous-marin qui était également le sien. Elle avait perçu son étonnement face à ce phénomène nouveau, l'avait vue examiner les bagues à son doigt et réfléchir longuement, aux prises avec une agitation extrême.

Ensuite, Iolani surgissant, une violente bataille s'était déroulée sous l'eau. Vaïmana avait affronté, avec une force décuplée par la colère, le chagrin et le désespoir, le mâle sanguinaire qu'était devenu son fils. Elle avait senti monter dans son cœur la fièvre du combat, et pendant un moment, elle avait retrouvé toute la verdeur de sa jeunesse.

Les Sirènes mâles, bien que robustes, étaient courtes et trapues. Les femmes sirènes, de grande taille, étaient bien découplées naturellement et faisaient preuve d'une étonnante force musculaire.

Vaïmana avait perçu le retour de cette vigueur juvénile en elle et l'avait laissée s'épanouir, pour vaincre Iolani. Elle avait continué à le tarabuster même après qu'il eut cessé le combat, le poursuivant longtemps afin de mettre la plus grande distance possible entre Itia et lui.

Mais il lui fallait la retrouver, maintenant...

15

Pilaf avait navigué toute la nuit. Beaucoup plus vite qu'il ne l'aurait souhaité, d'ailleurs. À croire que le bateau avançait tout seul, puisque le vent ne soufflait pas si fort que ça. Mais chaque fois qu'il avait proposé de s'arrêter, les autres s'étaient insurgés. Il fallait retrouver Gaïg, disaient-ils. « Dans cette obscurité? » avait-il demandé, sarcastique.

— Oui, parfaitement, dans cette obscurité! avait répondu WaNdo. Tu ne sais pas que nous voyons dans le noir?

Devant cette réplique de l'aveugle, Pilaf s'était tu, pris d'un doute. Est-ce que WaNdo « voyait » des choses invisibles pour les autres? Superstitieux comme tous ses semblables, le jeune Floup n'avait pas voulu attirer la déveine sur la *Bella-Bartoque*, ce beau bateau qu'il avait déjà fait sien en esprit.

Face à plus entêté que lui, il ne pouvait que s'incliner et il avait fait contre mauvaise fortune bon cœur. Après tout, cette navigation nocturne lui servirait de test et d'entraînement, elle lui permettrait d'apprivoiser davantage, en tant que capitaine, ce navire qu'il connaissait déjà de longue date.

Il avait passé la nuit à étudier les instruments de bord, à observer le ciel, puis les cartes de navigation, puis encore le ciel, et le résultat de ses études s'était avéré le matin. Pourtant, il avait secrètement espéré qu'une erreur s'était glissée dans ses calculs. Mais il n'était pas perdu, il connaissait sa position.

C'était une grande honte pour un Floup, même de treize ans, de reconnaître qu'il s'était perdu en mer. Cependant, Pilaf aurait mille fois préféré cette éventualité à ce que lui avaient appris ses calculs et confirmé ses observations de la mer au grand jour.

La réalité étayait le résultat de ses opérations : toutes ces algues… ces débris végétaux… même ces noix de coco, ballottées par les flots, qui semblaient les têtes hilares de badauds le dévisageant pour mieux se moquer de lui… Comment avait-il pu arriver là ? Il avait dérivé, certes, mais pas à ce point…

Malheureusement, il doutait de moins en moins des conclusions tirées, aidé en cela par les réflexions de ses matelots – qu'il avait renoncé, le cœur fendu, à appeler ses « prisonniers », même dans sa tête – qui ne manquaient pas de s'étonner de la taille extraordinaire des algues flottant sur l'océan.

Pilaf se sentait complètement déprimé. Comment avouer la vérité à son équipage et lui expliquer ce que représentaient le courant des Cocos et la mer des Vents morts ?

En y réfléchissant, il se rappelait qu'il avait été surpris, pendant la nuit, par la vitesse à laquelle le bateau avançait. Optimiste, confiant en sa bonne étoile, il en avait conclu que la monture était de qualité et qu'il chevaucherait tous les océans du globe avec elle, qu'il découvrirait de nouvelles terres, de nouvelles mers, de nouveaux cieux, qu'il ferait le tour du monde avant de retourner chez lui, plein d'usage et raison, vivre auprès de son père le reste de son âge.

Il s'était laissé aller à rêver et le rêve l'avait trahi. Ce qu'il avait cru être un fringant coursier galopant sur les vagues s'était révélé être un bateau évoluant dans le même sens que le courant… le courant des Cocos, selon ses calculs.

Il ne le connaissait pas, bien sûr, aucun marin sensé ne s'aventurant dans les eaux avoisinantes, mais il en avait assez entendu parler, lors des veillées sur le pont, quand de plus vieux que lui racontaient les fantastiques aventures de leur vie en mer, pour savoir qu'il pouvait considérer la *Bella-Bartoque* comme un navire en perdition.

Il ne méritait plus de vivre, le capitaine qui avait mené son propre bateau à sa perte. Le jeune Floup broyait du noir dans son coin, désespéré et silencieux.

WaNdo, peut-être à cause de sa cécité, davantage sensibilisé que les autres à la présence vocale de chacun, fut le premier à percevoir le silence dans lequel il s'enfonçait.

— On dirait que je n'entends plus Pilaf… lança-t-il à la cantonade.

— Il est là, pourtant, ce valeureux capitaine dont je suis le second, hon! hon! plaisanta Loki. Hé, capitaine, qu'est-ce que ça signifie, toutes ces algues? Nous flottons sur une forêt sous-marine, ou quoi?

Pilaf, écrasé par la honte et la culpabilité, garda le silence.

— Hé! hé! capitaine, on te parle, insista Loki. Tu boudes tes prisonniers, maintenant? Hi! hi! hi!

Quand Pilaf lâcha d'une voix à peine audible « Vous n'êtes pas mes prisonniers », il provoqua un étonnement général, et devint immédiatement le point de mire. Il put lire la perplexité et l'interrogation dans les regards dirigés vers lui.

— Comment ça, nous ne sommes plus tes prisonniers? demanda le Pookah, usant d'un ton un peu vif. Mais je veux être ton prisonnier, moi! J'ai toujours été d'accord pour l'être, et je veux le rester, hé! hé! Je suis aussi ton second, d'ailleurs. Donnez des ordres, capitaine, et je les ferai exécuter par l'équipage *illico presto* ho! ho! ho!

Pilaf aurait voulu disparaître. Quels ordres pouvait-il donner, qui modifieraient le cours des événements? Il connaissait la suite, il pouvait l'imaginer sans peine, d'après les narrations des vieux marins qu'il avait gardées en mémoire et qui revenaient le tarauder afin de mieux l'humilier.

Le bateau, d'abord pris dans le courant des Cocos, se rapprocherait de plus en plus de la mer des Vents morts, dans laquelle, faute de brise, il s'immobiliserait, condamné à un long écrasement, infaillible et implacable. Nul n'en sortirait vivant.

Le jeune Floup, la mort dans l'âme, se résolut à avouer la vérité à ses compagnons, sans même essayer de se justifier ou de minimiser sa part de responsabilité dans l'affaire : il était le capitaine du bateau, il assumerait ses erreurs jusqu'au bout.

Il avait perdu toute son assurance passée. Il débita son récit d'une voix laconique, expliqua ses calculs de la nuit, ses doutes, son appréhension, et la confirmation finale de ses pires craintes. Il s'affaissait au fur et à mesure de sa narration, qu'il termina tête basse, épaules voûtées, regard plongé dans le dessin du bois des planches qui composaient le pont.

À sa grande surprise, ses paroles n'eurent pas l'effet escompté. Alors qu'il s'attendait à une colère généralisée, accompagnée de reproches, de cris, de hurlements et, pourquoi pas, de coups – en tant que mousse, il en avait déjà eu plus que sa part sur ce bateau –, il fut estomaqué par les réactions de chacun.

Tous se rapprochèrent de lui, et alors qu'il se recroquevillait pour donner moins de prise à la violence de la correction à venir, Winifrid, de taille à peine plus grande que la sienne, lui passa un bras protecteur autour du cou. Dikélédi lui saisit une main pendant qu'AtaEnsic lui frottait affectueusement le dos avec sa tête. Loki lui empoigna la main restée libre et la secoua énergiquement :

— Hi! hi! Vous méritez la pendaison, capitaine, mais vous serez gracié, sur ordre du second.

Puis tout aussitôt, il continua :

— C'est une grande aventure que nous vivrons là, ha! ha! ha!

Pilaf les regardait sans comprendre. Il n'avait pas l'habitude des réactions de compréhension et d'indulgence, et la vie au milieu des Hommes, ces marins au corps et au cœur endurcis par la vie à bord, lui avait plutôt appris à tout faire pour se protéger des taloches, y compris mentir. Il releva la tête et les fixa tour à tour d'un œil interrogateur.

WaNdo et Mfuru s'avancèrent ensuite et l'aveugle posa une main ferme sur son épaule, qu'il serra, l'obligeant à se redresser. Il s'adressa alors à lui :

— Nous avons un proverbe nain qui dit : « Le rocher que tu ne peux pas déplacer, contourne-le. » Ça veut dire que parfois, il faut accepter de prendre les choses de biais, au lieu de les affronter. Nous n'y sommes pas encore, dans ta mer des Vents morts : si léger soit-il, je sens un souffle d'air sur ma peau. Puisque ça ne sert à rien de lutter contre le courant, laissons-nous porter par lui, mais en profitant de ce léger vent pour nous tenir à l'écart du centre. Plus nous serons déportés vers la périphérie, plus le vent forcira, et plus nous aurons des chances de nous en sortir. Reprends tes calculs pour savoir quelle direction nous devons choisir pour contourner cette mer maudite. Hé, tu sais, capitaine, j'ai été marin, moi aussi !

Pilaf se sentit définitivement rasséréné par l'appellation finale : on le considérait encore comme le capitaine, il ne décevrait pas une fois de plus son équipage. Il s'arma de courage pour affronter l'adversité. N'ayant pas été écrasé par une juste colère de ses compagnons, il se promit de faire tout ce qui était en son pouvoir pour les sauver, pour retrouver la fille un peu bizarre et pour ramener tout le monde au pays de N'Dé.

— Je pense qu'il nous faut mettre le cap sur l'est, et nous y tenir, répondit-il. En larguant toute la voile, on profitera du moindre souffle de vent.

— Obéissance immédiate, mon capitaine, s'écria le Pookah, très excité. Allez, moussaillons, chacun à son poste, ho! ho! Que je ne voie personne d'inoccupé sur le pont, sinon il vous en cuira, ha! ha! Euh... Qui fait quoi, capitaine?

Pilaf distribua rapidement les rôles, et les pensées se détachèrent momentanément de Gaïg. L'important, dans le présent, c'était de sauver le bateau, et la journée était déjà bien avancée.

WaNguira avait fait à Flopi un compte rendu détaillé des dires de Kodjo. En mentionnant Pilaf et la *Bella-Bartoque*, Trompe et Falop, surgis brusquement à ses côtés, avaient écouté de toutes leurs oreilles. Ils avaient ensuite échangé quelques rapides gestes de communication, puis Trompe avait invité les autres Floups à se joindre à eux. Flopi réfléchissait, l'air soucieux. Il avait attendu un moment avant de prendre la parole :

— Si je comprends bien, votre Gaïg a de nouveau disparu. Et votre grand prêtre pense qu'ils sont perdus en mer. Dans sa description, il fait allusion à des algues d'une taille surprenante.

— Ce sont les cheveux maudits de la mer, avait lancé Plofi sur un ton sépulcral. Et on ne les trouve qu'en un seul endroit…

— Dans le courant des Cocos, qui entraîne les bateaux dans la mer des Vents morts… avait expliqué Afo dans un souffle, pas très sûre de son savoir tout neuf.

Plofi lui avait jeté un regard d'intelligence, flatté par l'attention qu'elle portait à ses récits et le souvenir qu'elle en gardait. Puis Trompe s'en était mêlée, élucidant pour WaNguira et les siens le mystère de son intérêt subit pour sa conversation avec Flopi :

— Pilaf, c'est mon frère jumeau. Celui qui a été enlevé quand nous avions cinq ans. Et la *Bella-Bartoque*, c'est le bateau sur lequel il est prisonnier des Hommes. Ceux qui sont venus ici et qui ont été tués. Je suis sûre que

Pilaf s'était caché pour échapper au carnage et que c'est lui qui est parti avec le bateau. Et la *Bella-Bartoque* est à lui, maintenant! avait-elle conclu avec un petit air satisfait.

— À condition qu'il s'en sorte... avait précisé Flopi, le front plissé. Si vous êtes sûrs de ce que dit la jeune Kodjo, la situation est plutôt alarmante. Rares sont ceux qui sont revenus de la mer des Vents morts pour raconter ce qu'ils avaient vu.

— Mais nous irons le chercher, n'est-ce pas? avait demandé Trompe, anxieuse. Nous n'allons pas le laisser tomber? Surtout maintenant qu'il a un bateau à lui...

Devant le silence de Flopi, elle s'était tournée vers son père avec un « Hein, Falop? » dans lequel perçait toute la confiance qu'elle lui portait, indépendamment de l'appellation égalitaire utilisée. Elle s'était débarrassée du traditionnel « papa » juste après le ravissement de son frère, et ce, sans fournir d'explication.

Falop avait opiné du chef. Bien sûr qu'il irait au secours de son fils. La vie lui avait déjà ôté Flanel, son épouse chérie, il n'allait pas lui laisser prendre son enfant également. Mais Falop, plus averti de la hiérarchie que sa fille, portée par l'impulsivité de sa jeunesse, savait que la décision de mettre ou non le cap sur la mer des Vents morts appartenait au capitaine.

Et si le capitaine, Flopi en l'occurrence, ne voulait pas risquer son bateau dans ces dangereux parages, il faudrait qu'il se débrouille par lui-même. En pirate prospère, il avait largement les moyens financiers d'armer un bateau, et de partir à la recherche de son garçon. Mais ça prendrait du temps, c'était sûr, et là résidait le principal inconvénient.

Pour la première fois de sa vie, Falop regretta de ne pas posséder son propre vaisseau sur lequel il aurait été le capitaine, le seul maître à bord. Au moment où le choix s'était offert à lui, il avait longuement pesé le pour et le contre.

Ensuite, face à l'isolement du chef, il avait opté pour l'amitié, la camaraderie, la complicité avec les autres marins, ses égaux. Il était déjà bien assez seul comme cela, depuis la disparition de Flanel, sa tendre mie, pour ne pas s'isoler encore plus dans la solitude de celui qui commande. Comme ce choix lui pesait aujourd'hui!

Bien sûr, il ne regrettait pas les moments passés en compagnie de ses pairs, les longues soirées sous les étoiles à boire un peu plus que de raison peut-être, histoire de mieux frissonner en entendant les élucubrations marines de Plofi…

Flopi se joignait à eux, parfois. Mais il était le plus souvent occupé à consulter ses cartes, à élaborer des tactiques d'attaque, à chercher de nouvelles voies maritimes et, surtout, à assurer la bonne gestion de la goélette et de son équipage.

Et Falop, parfois dépassé par son double rôle de père et de mère, avait apprécié l'aide apportée par les autres marins quand ses jumeaux avaient commencé à parcourir le pont, d'abord à quatre pattes, puis très vite sur deux, et ensuite, à poser des questions. D'autant plus que leur jeu favori consistait à poser chacun la même question – aussi bien à deux marins différents qu'au même – afin de comparer les réponses obtenues. Gare alors aux différences, mêmes minimes et, surtout, aux contradictions!

Falop attendait la décision de Flopi, apparemment calme et détaché, droit et silencieux. Quand Pilaf avait été enlevé par les Hommes, Flopi avait été le premier à proposer de lui porter secours. D'habitude, les Floups ne s'inquiétaient pas trop lorsqu'un de leurs enfants avait été fait prisonnier : ils savaient que le jeune se sauverait quand il en aurait assez, et chez eux, c'était presque considéré comme un honneur d'avoir effectué son apprentissage de mousse chez les Hommes.

Mais cinq ans, c'était un peu jeune pour un ravissement. Flopi et Falop étaient partis en chasse, vaillamment secondés par Trompe et une multitude de pères adoptifs.

Une nuit, Flopi et Falop avaient réussi à approcher Pilaf. Le bateau des Hommes était à l'ancre dans un port de la côte et son équipage disséminé dans les tavernes avoisinantes, occupé à s'enivrer. Une certaine solidarité avait joué puisque de l'alcool avait été rapporté aux marins chargés de la surveillance du navire. Ces derniers s'étaient réfugiés à la poupe, où ils jouaient bruyamment aux dés tout en chantant et en lançant des plaisanteries grivoises.

Les Floups, arrivés par voie de terre, étaient restés cachés sur les quais, pendant que Flopi et Falop, risquant gros, montaient discrètement à la proue, à la recherche de Pilaf. Ils n'avaient d'ailleurs eu aucun mal à le trouver, allongé au pied du mât, à moitié endormi. Un gros anneau de fer au pied droit le maintenait attaché, des fois qu'il aurait voulu profiter de l'escale pour se sauver.

À la surprise de Falop et de Flopi, le jeune Floup avait décrété qu'il resterait à bord de la *Bella-Bartoque*. Falop, bien que fier intérieurement de la détermination de son rejeton, avait néanmoins insisté pour le libérer. Pilaf avait alors menacé de donner l'alerte aux Hommes s'ils ne décampaient pas du pont de la *Bella-Bartoque*. Il avait alors lancé, sous forme de bravade un « Je suis prisonnier, c'est mon bateau, maintenant ! » qui n'admettait pas de réplique.

Falop s'était incliné, bien qu'il lui en coûtât, mais il n'avait jamais perdu de vue son garçon, lui rendant visite régulièrement, toujours accompagné de Trompe. Ainsi, les relations n'avaient jamais été réellement rompues entre les jumeaux.

Les Hommes n'y voyaient que du feu, dans ces jeunes ravis à l'équipage d'un bâtiment floup, et qu'ils croyaient maintenir prisonniers. En réalité, leurs victimes gardaient toujours le contact avec leurs semblables et décidaient elles-mêmes du moment où elles souhaiteraient bon vent à leurs ravisseurs.

Même si la vie n'était pas facile pour les mousses, ils savaient que cela faisait partie de leur apprentissage : plus ils recueilleraient d'informations sur les Hommes – aussi bien sur leur us et coutumes en général que sur leur façon de naviguer, de lutter, sur leurs avancées techniques et sur leurs projets de navigation –, mieux ils pourraient les combattre ultérieurement.

Il n'était cependant jamais venu à l'esprit des ravisseurs que c'étaient de véritables petits espions qu'ils introduisaient eux-mêmes à leur bord.

Toutes ces pensées défilaient dans l'esprit des Floups, en attendant que Flopi annonce sa décision. Ce dernier considéra un moment Trompe et Falop, l'air absent, et s'adressa à WaNguira :

— À défaut de retrouver Gaïg qui semble avoir disparu une fois de plus, on peut au moins essayer de sauver les autres...

Tous entendirent le soupir de soulagement de Macény.

16

Gaïg avait perdu la notion du temps, les rayons du soleil ne traversant pas l'amalgame végétal qui se trouvait au-dessus d'elle, et encore moins le corps même de Spongia. Mais en l'espace d'une nuit, ou d'un jour, ou de deux, elle en avait appris un peu plus sur Spongia Magna. Sans pour autant déterminer si elle devait la compter au nombre de ses amies ou de ses ennemies.

En effet, Spongia était on ne peut plus fantasque, totalement imprévisible dans ses réactions, et Gaïg avait été bombardée maintes fois avec les fameuses boules d'eau. Il suffisait qu'elle prononce un mot malencontreux pour se transformer en cible vivante. Elle avait essayé de se déplacer pour échapper au jet, mais Spongia pouvait les créer de n'importe quelle partie de la paroi qui lui tenait lieu de corps.

Gaïg avait noté que Spongia était très susceptible pour tout ce qui touchait à son existence. Comme si elle n'était pas certaine d'être vraiment vivante… Chaque fois que Gaïg faisait allusion à son identité, elle se heurtait à un énervement fébrile qui se manifestait par un bombardement immédiat. Pourtant, Gaïg aurait bien voulu apprendre à qui elle avait affaire. C'était comme si Spongia ne savait pas elle-même qui elle était.

Gaïg avait longuement réfléchi, passant mentalement en revue tous les animaux sous-marins qu'elle connaissait. Mais même en procédant par élimination, elle n'avait pas réussi à la classer dans un genre connu. La « chose » n'était pas un poisson, puisqu'elle ne se déplaçait pas. Ni un crustacé, ni un coquillage, puisqu'elle était vide à l'intérieur. Gaïg n'avait aperçu ni œil ni bouche ni aucun organe interne. Peut-être qu'à l'extérieur, il y en avait, mais pour ce qu'elle pouvait en voir, Spongia était toute lisse en dedans.

Quand elle avait émis la possibilité que Spongia soit un végétal, un genre d'algue géante circulaire, elle s'était fait rappeler à l'ordre par un copieux bombardement accompagné d'une volée de remontrances pour son manque de respect.

Gaïg avait espéré se rattraper en suggérant un madrépore, quelque chose à ses yeux de mivégétal, mi-animal, mais Spongia, boursouflée de colère, l'avait renvoyée d'une paroi à l'autre à l'aide de ses jets internes, l'étourdissant avec des galipettes forcées.

Gaïg avait cru sa fin proche, mais Spongia s'était subitement calmée, augmentant la densité de l'eau sous Gaïg pour former une couche de consistance solide sur laquelle elle pouvait reposer. Gaïg, tout ébaubie, avait eu d'autant plus de mal à s'en remettre qu'elle avait eu peur. Elle était demeurée silencieuse un moment, le temps de reprendre ses esprits et de réfléchir à une ligne de conduite.

Spongia lui avait alors parlé doucement, faisant circuler autour de son corps des courants d'eau de différente intensité qui avaient eu pour effet de la calmer, et Gaïg avait expérimenté un état proche du sommeil. Allongée sur son « matelas », elle avait connu un moment d'absence duquel elle était sortie reposée mais méfiante : Spongia avait laissé échapper précédemment qu'elle endormait ses proies pour les manger…

La leçon avait porté, elle ne demanderait pas à Spongia si elle était un corail, ou quoi que ce soit d'autre, de minéral, végétal ou animal. Elle avait enfin compris qu'il ne fallait pas poser de questions à Spongia sur son identité, et peut-être même pas de questions du tout.

Après cette punition, Spongia l'avait nourrie. Gaïg était d'autant plus surprise qu'elle n'avait rien réclamé. Elle était encore toute retournée, se demandant comment la « chose » pouvait modifier ainsi la structure de l'eau jusqu'à la rendre rigide et créer l'espèce de couche sur laquelle elle reposait. Spongia avait alors dirigé vers elle des boulettes d'un vert très foncé, presque noir, en lui recommandant d'en manger.

— Qu'est-ce que c'est? avait-elle lâché sans réfléchir, pensant aux crottes de lapin que Loki lui avait servies dans le passé.

La disparition instantanée des boulettes, immédiatement absorbées par la paroi, avait constitué la réponse de Spongia, agacée une fois de plus :

— Bloob! Bloob! Personne ne t'oblige à manger ma nourriture, petite affaire. Bloob! Si tu veux mourir de faim, à ton aise, jeune difficulté impolie! Bloob!

« Allons bon, se dit Gaïg, voilà que je me fais traiter de "difficulté", maintenant. Quel drôle de vocabulaire, quand même... »

Désirant néanmoins se rattraper, elle avait insisté, prenant garde à ne pas introduire de question dans ses phrases :

— Vous êtes très gentille de penser à mon estomac. Je n'ai pas dit que je refusais.

J'apprécie mieux la nourriture quand je sais ce que j'avale, c'est tout.

— Comme si je cherchais à t'empoisonner... Bloob! C'est du pur concentré d'eau de mer. Tu n'en trouveras de meilleur nulle part ailleurs. Je le fais moi-même, bloob!

Gaïg retint juste à temps la question sur la nature de ce « pur concentré » qui lui venait aux lèvres. C'est l'interdiction des phrases interrogatives qui lui fit se rendre compte à quel point elle posait des questions, sans arrêt, à elle-même ou à son entourage. Elle était toujours en train de s'interroger ou d'interroger les autres.

Dans la situation présente, elle aurait aimé savoir de quoi étaient composées ces boulettes, ce que représentait du « pur concentré d'eau de mer », vu l'épaisseur d'eau croupie qu'elle avait traversée avant d'échouer *dans* Spongia, et tout simplement si ces petites crottes verdâtres étaient ou non comestibles.

Toute à sa réflexion, elle n'avait pas vu que de nouvelles boulettes étaient arrivées, dansant et batifolant suivant les impulsions aquatiques données par la créature. Elle en prit une délicatement, testant sa consistance avec les doigts.

— C'est mou, fit-elle remarquer.

Comme il n'y avait pas l'ombre d'une interrogation dans sa remarque, il n'y eut aucune réaction de Spongia. Gaïg ferma les yeux, hésitant encore. Finalement, elle se décida à en croquer un morceau : c'était très salé, avec une saveur marquée et sauvage, un mélange de homard et de poisson, tout cela pris dans une mixture gélatineuse, sans doute à cause des algues qui devaient entrer dans sa fabrication.

À vrai dire, passé la première surprise, ce n'était pas mauvais du tout, pour quelqu'un comme elle, habitué à se nourrir de varechs, de crevettes et de coquillages. Elle mastiqua longuement sa demi-boulette, analysant le goût, la texture, puis se décida à tout avaler d'un coup quand lui vint la pensée du milieu extérieur dans lequel baignait Spongia. Quelquefois, dans la vie, il vaut mieux ne pas trop réfléchir, se dit-elle avec philosophie.

Elle saisit délicatement une deuxième boulette qu'elle avala plus rapidement, puis une troisième : il fallait bien qu'elle s'alimente. Tout ce temps passé sous l'eau, dont elle ne pouvait même pas estimer la durée… Elle était étonnée de ne pas se sentir plus mal.

Néanmoins, elle appréciait de pouvoir se reposer sur cette couche d'eau solide créée par Spongia et qui lui tenait lieu de matelas. Jusque-là, elle avait nagé entre deux eaux sans ressentir trop de fatigue, certes, mais on n'abandonne pas ainsi plus d'une dizaine d'années d'habitudes terrestres. Sentir qu'elle pouvait s'appuyer sur quelque chose la rassurait, et le fait de manger l'aidait à se sentir mieux.

L'envie d'interroger Spongia la démangeait, mais l'expérience lui avait appris à se méfier. Si elle voulait en savoir plus, il fallait éviter de poser des questions, et surtout, ne faire aucune allusion à l'identité de la créature.

Après tout, est-ce que ça importait vraiment, ce qu'elle était? Pourquoi ce besoin de lui coller une étiquette, de la classer parmi les choses connues? Pour se rassurer elle-même? Sans aucun doute. Il est toujours plus rassurant de savoir à qui on a affaire. Mais l'inconnu était-il pour cela synonyme de danger?

Il était évident qu'elle s'adressait à un être différent d'elle, avec un mode de pensée autre. Mais cela signifiait-il qu'elle était menacée? Peut-être que oui, peut-être que non... Après tout, c'était elle, Gaïg, qui se trouvait chez Spongia, *dans* Spongia, même, c'était elle l'élément étranger, c'était donc à elle à s'adapter. Elle n'avait pas le droit de lui imposer ses propres valeurs, issues d'un monde différent, elle devait au contraire apprendre à respecter celles de Spongia.

Gaïg, allongée sur son « matelas », approfondissait cette façon de voir, y trouvant un certain plaisir, tout en engloutissant boulette sur boulette. Toutes les fois que la créature s'était fâchée, c'était parce qu'elle estimait que Gaïg lui avait en quelque sorte manqué de respect. Par exemple, poser une question, dans le monde de Spongia, était mal perçu, considéré comme irrévérencieux.

À partir de cette hypothèse, deux choix s'offraient à Gaïg : imposer à Spongia ses habitudes de pensée et son caractère curieux, au risque de lui déplaire en l'assaillant de questions, alors qu'elle l'avait accueillie et la nourrissait. Ou bien respecter son hôtesse en s'inclinant devant ses susceptibilités et accepter ses valeurs. En somme, elle avait le choix entre la reconnaissance ou l'ingratitude.

Elle rit intérieurement en pensant que l'autre l'avait traitée de « difficulté impolie ». Finalement, tout concordait : elle représentait effectivement une difficulté pour Spongia, un genre de problème à résoudre, partant du principe que cette dernière n'avait pas pour habitude de recueillir des êtres humains vivant sous l'eau. Et elle s'était montrée impolie en ne respectant pas les règles qui avaient cours localement.

— C'est bon, tes boulettes, Spongia, dit-elle pour se rattraper. Elles ont le goût de la mer. Les algues, les crevettes, les homards, les crabes, les coquillages, les poissons, tout cela mélangé. Comm...

Gaïg retient juste à temps le « Comment tu les fais? » qui lui venait aux lèvres et termina sa phrase par « Comme tu les fais bien! »

Elle sentit qu'un frémissement d'aise parcourait Spongia, et rajouta :

— Je ne savais pas que j'avais aussi faim. Merci beaucoup. Et merci aussi pour ce « coussin » d'eau qui me permet de me reposer.

Spongia enroba Gaïg de ces multiples jets d'eau dont elle avait le secret, et qui lui faisaient un petit massage caressant, certes, mais toujours un peu inquiétant...

— Bloob! C'est avec plaisir, petite affaire, euh, pardon, Ga-ïg. C'est en filtrant l'eau que j'en extrais les éléments nutritifs. J'élimine tout ce qui n'est pas bon et je ne garde que le meilleur. Bloob!

— C'est pourquoi l'eau est si claire ici, la complimenta Gaïg. Là-haut, c'était très encombré...

— C'est plein de tout, là-haut. Bloob! Et aussi tout autour de moi. Il y a une sacrée épaisseur de choses solides, depuis le temps que ça s'accumule. Mais ce sont surtout des algues. Bloob! Je les préfère quand même aux branches et aux feuilles... Le plus résistant, c'est le bois. Ou le métal. Pour ce dernier, j'attends simplement que la rouille fasse son effet. Bloob! Bloob! Si tu savais tout ce que j'ai déjà digéré...

Gaïg, désireuse de poursuivre la conversation, se rendait compte à quel point il lui était difficile de ne pas poser franchement les questions qui la tourmentaient. Si elle voulait faire parler Spongia, il ne fallait surtout pas la braquer contre elle, avec des interrogations malencontreuses ou des commentaires sordides sur son apparence.

Elle se contenta de remarques apparemment anodines sur tout et n'importe quoi, et Spongia se laissa aller à son penchant naturel, le bavardage, duquel elle était si cruellement privée dans la solitude de cette mer quasi solide.

— Le métal, ça vient des bateaux, mais il n'y en a pas souvent par ici, fit semblant d'affirmer Gaïg, apparemment très au courant de ce qui se passait dans les alentours, alors qu'en réalité elle prêchait le faux pour savoir le vrai.

— Il y en a eu beaucoup plus dans le passé, je suppose que maintenant ils se méfient. Plus personne ne vient dans les parages. Même les poissons ont déserté les lieux. Bloob! Bloob! Autrefois, c'était très fréquenté, tout le monde me rendait visite. J'ai été une grande dame, tu sais...

— Et tu as parcouru tous les océans, annonça Gaïg, qui se tut aussitôt, assaillie par un mitraillage de boules d'eau.

— Bloob! Bloob! Arrête de proférer de telles énormités, petite affaire cruelle! Tu vois bien, pourtant... Bloob!

Gaïg, intimidée, expliqua à voix basse, craignant de redevenir une cible :

— Euh, non, je ne vois pas, Spongia, je te le jure. Je ne suis pas d'ici et il y a des tas de choses que je ne sais pas. Mais je veux bien apprendre...

— Il n'y a rien à apprendre, de toute façon. Les choses sont ce qu'elles sont, on peut seulement les accepter ou les refuser. Bloob!

— On n'a pas toujours le choix, malheureusement...

— Ah, bien sûr, encore faut-il naître au bon endroit au bon moment. Bloob!

— Et savoir d'où l'on vient... avait commenté Gaïg qui, sentant un frémissement dans l'eau et prévoyant un bombardement, avait aussitôt ajouté : moi, je ne connais pas mes parents et je ne sais pas d'où je viens...

Spongia n'avait pas répondu. Gaïg n'aurait pas pu affirmer si elle réfléchissait ou si elle boudait. Elle-même gardait un silence prudent. Les questions tourbillonnaient dans sa tête, elle n'avait aucune idée de la façon dont elle retrouverait sa liberté. La situation se révélait complexe, avec une communication si malaisée à établir. Elle pouvait difficilement prévoir les réactions de Spongia et risquait à tout moment de commettre un impair.

Mais, à sa grande surprise, Spongia s'était montrée beaucoup plus volubile après l'aveu de Gaïg : elle lui avait longuement parlé de son propre passé, le lui décrivant en détail.

17

Vaïmana avait perdu la trace de sa petite-fille, mais elle ne s'inquiétait pas trop. Tant qu'Itia demeurerait sous l'eau, elle la retrouverait, grâce à ses anneaux. Sur terre, c'était beaucoup plus difficile, et Vaïmana avait parfois eu du mal à la situer. Souvent, elle avait carrément perdu sa trace. Mais là, dans l'océan, elle savait que les choses seraient plus aisées.

Après la bataille contre Iolani, elle s'était réfugiée dans un amas rocailleux couvert d'algues arborescentes, afin de reprendre son souffle, de se panser, et surtout, de remettre de l'ordre dans ses idées. Iolani, blessé, ne reparaîtrait pas avant un moment. Elle avait réellement besoin d'un répit.

Elle ne comprenait pas comment ce dernier avait retrouvé Itia. Elle se demandait même si elle n'était pas intervenue trop tôt :

avait-il réellement identifié la fille d'Heïa, la poursuivait-il, ou bien se trouvait-il là par hasard? Que savait-il d'elle, au juste?

Vaïmana ne lui avait même pas laissé le temps de réagir, de montrer quelles étaient ses intentions. Elle avait foncé sur lui dès qu'elle l'avait vu s'approcher des eaux dans lesquelles Itia s'ébattait. Pourtant, dans le bassin de la grotte, elle était restée à l'écart. Mais Itia n'avait pas encore reçu le bijou du Salamandar, à ce moment-là…

Vaïmana comprit brusquement, à la lumière de sa propre expérience, que c'était Itia en personne qui mettait Iolani sur sa piste, en pensant à ses anneaux. C'était elle qui, sans le savoir, permettait à la Sirène mâle de la localiser. Il utilisait le même stratagème que Vaïmana, finalement. La grand-mère sirène était sans doute beaucoup plus sensible que lui aux ondes dégagées par le bijou – elle l'avait porté longtemps –, mais elle ne pouvait nier la sensibilité du mâle, puisqu'il avait rattrapé sa petite-fille.

Mais comment avertir celle-ci, sans enfreindre l'interdiction d'Otahi, préconisant que la prophétie pourrait s'accomplir « à condition que Gaïg ignore jusqu'au bout qui elle est »?

Le secret concernant Itia et sa vie sur terre avait été bien gardé, Vaïmana en était sûre.

Deux Sirènes seulement étaient au courant : Tamateva et elle. Aux autres, y compris celles qui avaient si courageusement défendu Heïa, s'interposant entre elle et Iolani, on avait laissé croire que le bébé n'avait pas survécu. Ce qui était crédible, vu les circonstances de sa naissance.

Aroha et Tahitoa, quand elles avaient sauvé Gaïg et ses compagnons, avaient été étonnées de la présence des anneaux, mais elles avaient parlé à l'Ancienne d'une jeune fille de la race des Hommes, en faisant allusion à celle qui les portait. Il est vrai qu'elles étaient beaucoup plus jeunes qu'Heïa au moment du drame et qu'elles en savaient encore moins que les autres.

Quoi qu'il en soit, Iolani s'était trouvé dans les parages, et ce qu'elle n'avait pas pu faire, une dizaine d'années plus tôt, pour défendre sa fille, elle l'avait fait récemment, pour protéger sa petite-fille.

Elle n'avait éprouvé aucune peur : sous l'emprise de la colère, elle savait qu'elle gagnerait. Elle avait momentanément retrouvé la force de sa jeunesse et elle avait remporté la victoire.

Iolani ne l'avait emporté sur Heïa que parce que cette dernière était enceinte. D'un Homme. C'était ce qui l'avait affaiblie. Les enfants hybrides étaient beaucoup plus délicats à porter et la grossesse fragilisait la mère.

L'Ancienne, qui menait d'habitude une vie calme et sereine dans les eaux limpides de Faïmano, trouvait l'existence bien lourde depuis quelques années. Iolani, son fils, à cause de qui sa fille Heïa était morte... Cette double identité pour l'enfant d'Heïa, ces deux noms... Lequel était le vrai? Non, il n'y en avait pas un vrai et un faux, ils symbolisaient tous les deux ce que sa petite-fille était vraiment : une personne double, un être né de l'union de la Terre et de l'Eau, comme Otahi elle-même!

Cette dualité était annoncée dans la prophétie des Nains. Prophétie qui concernait les Sirènes également, elle le savait maintenant. Il y allait aussi de l'avenir de son peuple, dans lequel les naissances mâles commençaient à prendre des proportions inattendues.

Les Dieux avaient tout prévu, décidément. La *Roche-qui-enfante-les-filles* se faisant de plus en plus rare sous l'eau, il faudrait bientôt chercher à s'en procurer... sous terre. Le destin des Sirènes était donc lié à celui des Nains, et si elle aidait Itia-Gaïg à trouver une terre pour les Nains, son geste ne serait pas totalement désintéressé.

Vaïmana, tout en évoquant la tournure politique prise par les événements, réfléchissait encore au double nom de sa petite-fille. Cette dernière, depuis presque onze ans maintenant – comme le temps avait passé… – répondait à celui de Gaïg. Pour les Hommes, pour les Nains, partout sur terre, elle était Gaïg. Partout *sur* terre. Et même *sous* terre.

Mais pas *sous* l'eau. Pour Vaïmana, ce serait toujours Itia, le prénom élu par Heïa, qui l'emporterait. En fareani, la langue-mère des Sirènes, il signifiait la *Petite-fille-messagère-blanche*. Pourquoi Heïa l'avait-elle choisi? Quelle intuition l'avait visitée, pour adopter un nom aussi chargé de signification? Savait-elle que sa fille serait la messagère entre le peuple des Sirènes et celui des Nains? Où était-ce simplement à cause de son père, Gilliatt?

L'Homme avait disparu de la baie d'Ewe-Lani qui avait abrité ses amours. Après le drame, Vaïmana s'était rendue plusieurs fois sur les lieux, toujours hésitante sur la conduite à adopter. Devait-elle l'informer de ce qui s'était passé, l'avertir que sa fille se trouvait dans un village de la côte? Qui mieux que le père pourrait prendre soin de ce bébé à moitié orphelin? N'était-ce pas son devoir de le mettre au courant?

Mais alors, pourquoi la Première, quand elle était intervenue, avait-elle confié le bébé à une Naine sans faire aucune allusion au père?

Vaïmana hésitait, s'interrogeait, sans pouvoir trancher. Et finalement, sans *avoir à* trancher, puisqu'elle n'avait pas retrouvé le père en question. Elle n'avait donc jamais eu à prendre la décision de révéler quoi que ce soit.

Elle avait supposé que Gilliatt, las d'attendre le retour d'Heïa, s'était mis en quête de ses semblables. Il avait dû s'installer dans un village de la côte et reprendre son ancien métier. Ses anciens métiers. Peut-être voguait-il sur l'océan Moana, en ce moment même...

Pour ce qui était d'Itia, il fallait qu'elle-même, Vaïmana, s'habitue à l'appeler Gaïg dans sa tête. Et ce, pour deux raisons : la première étant que l'enfant, ayant toujours vécu sous ce nom, ne s'en connaissait point d'autre, la seconde résidant dans le fait que ce nom était une protection.

Alors qu'*Itia* serait identifiée plus ou moins rapidement par les autres Sirènes, selon leur degré d'intimité avec Heïa, *Gaïg* demeurerait une inconnue, une terrienne. Même pour Iolani, à qui Heïa avait révélé le nom de sa fille bien avant sa naissance, Vaïmana s'en souvenait encore. Quelle imprudence...

La Première n'avait pas agi à la légère en changeant le prénom de sa petite-fille. Elle avait réellement voulu qu'on perde la trace de celle-ci sous l'eau, et ce n'était pas à Vaïmana, le danger augmentant, de changer la donne. Elle l'appellerait Gaïg désormais.

Yémanjah-Otahi, Itia-Gaïg, toutes les deux filles de la Terre et de l'Eau... Vaïmana fut frappée une fois de plus par la similitude entre Itia, non, Gaïg, et la Première. Elle aussi avait plusieurs noms. Pour les Sirènes, elle était Otahi. Mais pour les Nains, elle serait toujours Yémanjah, ce qui revenait au même, si l'on tenait compte de la traduction du baalââ, *Mère-dont-les-enfants-sont-des-poissons.*

Vaïmana avait beaucoup appris sur le peuple des Nains, depuis qu'Otahi avait confié sa petite-fille à une Naine. Elle avait passé de longues heures à les espionner partout où elle le pouvait, n'hésitant pas pour cela à remonter les fleuves, à s'engager dans les résurgences de rivières souterraines par lesquelles elle gagnait des lacs intérieurs sis dans de sombres et profondes cavernes. Pour des raisons évidentes d'approvisionnement, ils installaient généralement leurs villages à proximité de l'eau.

Vaïmana, sachant que l'obscurité ambiante ne lui était pas d'un grand secours puisque les Nains voyaient dans le noir, misait sur son immobilité pour ne pas être découverte. Elle se plaçait le plus près possible d'un lieu de passage, se fondait dans le paysage et demeurait très longtemps sans bouger, épiant leurs faits et gestes, essayant de donner un sens aux bribes de conversations qu'elle recueillait. Elle avait amplement eu le temps de satisfaire sa curiosité, tout en étudiant les mœurs parfois étranges de ce peuple cavernicole.

Comme ils n'aimaient pas l'eau, il y avait peu de chances qu'ils s'approchent trop près et la découvrent. En revanche, elle se rappelait avoir été repérée plus d'une fois par Itia, non, par Gaïg, dans les eaux d'Onaku. Vaïmana utilisait pourtant la même tactique, se fondant dans le décor et ne bougeant plus, mais Gaïg la décelait parfois.

Les premières fois, l'Ancienne s'était inquiétée, se demandant ce qu'il en résulterait, aussi bien pour elle que pour Gaïg. Et si cette dernière parlait? Si elle allait raconter à la surface qu'il y avait une Sirène dans la baie? Si des pêcheurs voulaient vérifier? Mais il fallait croire que Gaïg avait su tenir sa langue, puisque personne n'était venu et il n'y avait eu aucune retombée.

Par la suite, c'était presque devenu un jeu entre elles. Vaïmana élisait domicile dans une excavation des rochers, et ne bougeait plus. Gaïg la remarquait, plus ou moins rapidement, et approchait, le visage en fête. La grand-mère, émue au tréfonds de son être, résistait à l'envie qui l'étreignait de la prendre dans ses bras, de tout lui avouer et de l'emmener avec elle. Mais Otahi avait été claire : Gaïg devait ignorer sa propre identité.

Et ça valait mieux, dans le fond, se répétait l'Ancienne, essayant de se convaincre elle-même…

Pourtant, elle lui avait donné sa bague. La transmission avait eu lieu par le biais de Ranitaké, celle que Gaïg avait pompeusement surnommée la Reine des Murènes, l'une des plus fidèles amies de Vaïmana. Cette dernière avait obéi à une impulsion soudaine, ce jour-là.

La lumière avait jailli dans son esprit, en contemplant les ébats sous-marins de Gaïg : l'avenir du peuple sirène résidait dans sa *Petite-fille-messagère-blanche*. Heïa était morte, ses anneaux lui avaient été dérobés, et elle, on ne l'appelait pas Vaïmana l'Ancienne par hasard : son temps était fini. Mais la relève était assurée, et il fallait donner toutes ses chances à l'ultime descendante de la Lignée sacrée.

C'est sans regret que la grand-mère s'était dépouillée du bijou sacré pour le remettre à Ranitaké, afin qu'elle l'offre à sa petite-fille. La Tradition n'était pas encore morte.

Et maintenant, en y réfléchissant, Vaïmana se disait que pour que la Tradition se perpétue, pour que le matriarcat des Sirènes continue, il y avait plus urgent à accomplir que de rester à évoquer le passé sur un rocher. Elle s'était longuement reposée, il fallait agir maintenant. C'est-à-dire protéger la nièce contre l'oncle, sa petite-fille contre son fils, Gaïg contre Iolani.

18

Flopi aimait les défis, il éprouvait du plaisir à les relever. Peut-être parce que la vie ne s'était pas toujours montrée clémente envers lui.

Il avait perdu sa famille très jeune : au cours d'une bataille sur terre, des Hommes avaient réussi à les capturer, son père, sa mère et lui. Ils les avaient emmenés à bord, pensant les soumettre. Mais devant la résistance de ses parents, les Hommes s'étaient débarrassés d'eux : Flopi avait assisté à leur pendaison.

Prisonnier, il avait passé plusieurs années en leur compagnie. Ces Hommes étaient des durs, ils avaient déjà ravi deux autres jeunes Floups, mousses comme lui, qu'ils retenaient sur leur bateau. Pafou était l'un d'eux, le troisième s'appelait Flup.

Flopi et ses deux camarades, bien que désireux de fuir, avaient longtemps rongé leur frein, s'exhortant mutuellement à la patience. Puis, quand ils avaient estimé ne plus rien avoir à apprendre des Hommes, ils avaient profité d'une relâche à terre pour s'emparer de leur bateau. Seuls. Ils avaient réussi.

Ils avaient alors pris la mer sur la *Bête-au-Vent*, qui avait été le premier bateau de Flopi, en propriété indivise avec les deux autres. Solution originale, ils étaient capitaine à tour de rôle, une semaine chacun, pour ne pas avoir le temps d'y prendre goût.

Ils avaient rapidement constitué un équipage, caractérisé par le jeune âge de ses marins. En effet, les Floups plus âgés, déjà engagés depuis de longues années sur d'autres bâtiments, n'avaient pas éprouvé le désir de changer de maison. Flopi, Pafou et Flup avaient donc recruté leurs matelots chez la jeune génération, celle qui n'avait pas encore eu le temps de s'attacher à sa barcasse, comme ils disaient.

Au hasard des abordages, ils s'étaient également enrichis des quelques mousses floups rencontrés sur les bateaux des Hommes pris à l'abordage et qui avaient accepté de se joindre à eux.

Une exception, cependant, dans l'équipage juvénile de la *Bête-au-Vent* : Plofi. Ce dernier avait prétendu être en quête d'un nouvel auditoire pour ses histoires. En réalité, séduit par l'intrépidité d'une jeunesse défiant le danger, et curieux de voir ce que ça donnerait. Il avait été servi...

Flopi, Flup et Pafou avaient amassé un butin considérable, qui leur avait permis d'armer chacun son propre bateau, à la construction duquel ils avaient activement participé. Il était dit que le Floup faisait un avec son bateau, de la naissance à la mort. Mais si le Floup assistait à la naissance de ce dernier, généralement, c'était celui-ci qui assistait aux derniers moments de celui-là.

Les trois capitaines, une fois en possession de leur propre goélette, avaient généreusement offert la *Bête-au-Vent* aux trois premiers marins qui avaient accepté de les accompagner, à charge pour eux de s'enrichir à leur tour et de laisser le bateau aux suivants, ce qu'ils avaient fait.

Mais la tradition était lancée : la *Bête-au-Vent* était connue comme étant le bateau aux trois capitaines, auxquels elle n'appartenait que momentanément. Dès que ces derniers étaient assez riches pour acquérir leur propre bateau, la *Bête-au-Vent* changeait de propriétaires et obéissait à trois nouveaux capitaines, choisis dans l'équipage même. À croire qu'elle portait chance, à en juger comment les triples capitaineries se succédaient rapidement...

Flopi, Pafou et Flup suivaient la chose de loin, contents d'avoir fait école. La mésentente entre capitaines était un risque toujours à craindre, ils en avaient fait l'expérience. Mais avec le système de commandement alterné, les dégâts étaient limités, chacun sachant qu'il aurait droit tous les quinze jours à sa semaine de pleins pouvoirs.

En pensant à Pilaf qu'il allait essayer de sortir de la mer des Vents morts, Flopi revivait intérieurement cette époque. Il avait du cran le garçon de Falop, pour avoir échappé au massacre et s'être sauvé ainsi avec le bateau, malgré les passagers embarqués inopinément…

Sa sœur aussi, d'ailleurs, pensa-t-il, comme Trompe passait en trombe devant lui, sourire aux lèvres et poignard au côté : sûr qu'elle n'avait rien d'un ange descendu des cieux… Elle tenait plutôt de la peste et de la chipie, un vrai mousse floup au féminin, quoi.

Flopi, bien que l'aimant beaucoup, se demandait parfois comment il était arrivé à hériter d'une femme sur son bateau. Il l'avait acceptée, bébé, avec son frère, pour soulager un peu le chagrin de Falop, si meurtri par le départ de Flanel. Mais il avait toujours cru que Trompe finirait par rejoindre ses pareilles à terre. Hélas! le petit poison avait pris goût à la vie à bord et n'avait jamais exprimé le désir d'aller explorer le moindre morceau de forêt.

Trompe se sentait bien sur le *Sibélius* de Flopi, et, n'ayant jamais connu autre chose, elle n'envisageait pas la possibilité de le quitter. Encore que, maintenant… si ce qu'avait dit WaNguira était vrai et s'il s'avérait que Pilaf avait un bateau en sa possession, elle rejoindrait sans doute son frère. Et Falop aussi…

Flopi se sentit triste. Il les aimait, ces trois-là, même si, par la force des choses, il était un peu moins habitué à Pilaf. Ce Pilaf qui, comme lui jadis, se retrouvait très jeune au commandement d'un bateau. L'expérience viendrait vite. À condition qu'il arrive à s'en sortir. Parce que le courant des Cocos et la mer des Vents morts, ce n'était vraiment pas un cadeau, pour une première expérience de navigation.

Tous les bateaux en faisaient prudemment le tour, bien au large. La mer des Vents morts ne relâchait pas ses captifs : très rares étaient ceux qui lui avaient échappé.

Flopi réfléchissait à la meilleure façon de procéder. Le trajet le moins risqué, venant de l'île des Kikongos, donc du sud, consistait à faire route vers le nord en suivant le courant mais en contournant la mer des Vents morts par l'est.

La *Bella-Bartoque* se dirigeait vers le nord quand ils l'avaient croisée au petit matin, avant d'aborder sur l'île. Elle se trouvait alors à bonne distance du courant des Cocos. Pour une raison inconnue, elle avait dû changer de direction et mettre le cap à l'est : c'est à ce moment qu'elle avait croisé le courant et s'était laissé emporter.

Avec beaucoup de chance, ils la retrouveraient, si elle avait réussi à traverser le courant d'ouest en est. Si elle était prise au milieu du courant, la gouverner serait plus difficile, elle irait vers le nord, mais toujours par l'est, puisque le courant entourait la mer des Vents morts en tournant de l'est vers l'ouest. Il gagnait en force aux abords de la mer, comme un tourbillon géant dont elle constituerait le centre. Mais un centre calme, trop calme…

Tout dépendait de la latitude sous laquelle Pilaf se situait, quand il avait croisé le courant. Trop au nord, il était emporté. Un peu plus au sud, il avait une chance de s'en sortir en demeurant à la périphérie et en cinglant vers l'est. Finalement, la mer des Vents morts était plus à redouter que le courant des Cocos. Pris dans celui-ci, on pouvait tenter des manœuvres. Dans celle-là, les manœuvres ne servaient à rien, faute de vent, à cause des algues et autres débris.

Flopi soupira. En plus, la *Bella-Bartoque* avait deux jours d'avance sur eux, ou un seul, si l'on considérait qu'elle avait viré de bord : il fallait en tenir compte, dans les calculs pour la route. On restait quand même dans le domaine de l'aléatoire, du hasard, ou... de la bonne étoile!

Au moins pourrait-il se dire qu'il avait essayé... Mais il n'était pas du tout sûr de vouloir engager le *Sibélius* dans ces eaux dangereuses parce que trop calmes. Le risque était gros, et il ne se sentait pas le droit de le faire courir ni à son équipage ni à son bateau. Pourtant, il n'avait senti aucune réticence chez les siens quand il avait annoncé sa décision. Le capitaine s'était prononcé, ils suivraient.

Les Nains n'avaient rien dit non plus. Ils voulaient aussi sauver les leurs, nul doute là-dessus, Macény encore plus que les autres, puisqu'elle avait deux êtres très chers à bord de la *Bella-Bartoque*. Flopi se sentit un peu requinqué : avec des gens aussi décidés sur le *Sibélius*, on ne pouvait qu'aller de l'avant.

Il n'avait guère d'espoir en ce qui concernait Gaïg, et même s'il n'en avait pas soufflé mot aux autres, il envisageait, ne la connaissant pas, la noyade pure et simple. Mais ça ne servait à rien de jouer les oiseaux de mauvais augure, ils finiraient bien par entrevoir la vérité.

Le *Sibélius* avait quitté l'île des Kikongos en fin de matinée, et avait fait voile toute la journée et toute la nuit. Bien qu'il ne soit pas entré dans le courant lui-même, ses passagers avaient déjà vu plusieurs cocos et quelques-unes de ces fameuses algues géantes au sujet desquelles Plofi était intarissable, pour le plus grand plaisir d'Afo.

Toutes les voiles avaient été hissées, et après avoir cinglé est-nord-est à vive allure, Flopi avait un peu ralenti sa course et mis franchement le cap au nord aux derniers rayons du soleil. Alors que les Floups avaient l'œil partout et parcouraient toute la mer d'Okan du regard, les Nains, groupés à bâbord, examinaient l'ouest. Ils avaient compris l'exposé du capitaine sur le trajet choisi.

Une fois de plus, Macény monopolisait une longue-vue pour son seul usage, mais personne n'aurait eu le cœur de la lui enlever. Ses compagnons comprenaient son état d'esprit, le destin s'était montré cruel à son égard. Elle, qui avait tant espéré de ce voyage, avait été la plus déçue. Bien que contente de retrouver ses frères sur l'île, elle était demeurée dans l'expectative quant au seul Kikongo qui l'intéressait. Et à son fils unique. De plus, considérées à la lumière des explications de Flopi et des histoires de Plofi, les nouvelles transmises par Kodjo n'étaient pas rassurantes.

Kodjo, embarquée au dernier moment à la demande de WaNguira, se tenait un peu en retrait. Elle aurait aimé pouvoir donner de nouvelles indications, mais il n'y avait dans sa tête que ce qu'elle voyait autour d'elle : la mer, des vaguelettes, quelques algues, un coco par-ci, par-là. À croire qu'elle ne pouvait entrer en communication avec WaNdo que si WaNguira était de la partie.

Pourtant, elle l'aimait bien, WaNdo. Il s'était toujours montré gentil envers elle, la consolant à sa façon lors des moments les plus difficiles de sa vie sur l'île, sous l'emprise des Hommes. « Le seul moyen de t'en sortir, lui avait-il dit, c'est de ne pas penser à ce que tu vis maintenant. Ce n'est qu'une réalité parmi d'autres, sûrement pas la meilleure, mais ce n'est pas la seule qui existe. Les Naines qui vivent encore dans le pays de N'Dé connaissent une autre existence, plus agréable, et tout aussi réelle. Alors tu penses à elles, tu fermes les yeux très fort, et tu attends que ça se passe. Ce que tu vis maintenant, ça ne doit pas t'atteindre, tu vaux mieux que ça. Il y a des choses qui ne comptent pas. Tu n'oublieras pas, c'est sûr, mais tu ne dois pas te remettre en question à cause de la saleté de ces Hommes. Ce n'est pas toi qui es sale, c'est eux. »

Kodjo se répétait souvent cette dernière phrase dans les moments cruciaux, et depuis l'anéantissement de ses bourreaux, elle en avait fait une courte chanson qu'elle fredonnait en esprit : « Ce n'est pas moi qui suis sale, c'est eux. » Cette ritournelle la réconfortait, et à force de la répéter, elle finissait par s'en convaincre.

Mais maintenant, elle aurait aimé venir en aide à l'auteur de ce refrain, elle aurait aimé fournir des indications précises sur la position de la *Bella-Bartoque*, elle aurait aimé pouvoir dire « Ils sont *là*, allons-y. » En attendant, elle scrutait la mer d'Okan avec attention, sourcils froncés.

« Ne te force pas, Kodjo, tu l'aides, puisque tu es ici, avec nous. Le moment venu, tu sauras. »

La jeune Naine sursauta, elle n'avait pas l'habitude qu'on lui parle en pensée, mais elle identifia très vite le coupable : WaNguira la regardait, amusé. Elle lui sourit en retour, mais ne répondit rien. Qu'aurait-elle pu ajouter? Elle saisit une longue-vue et se plongea dans la contemplation de la mer.

Cette dernière demeurait désespérément déserte, vide de toute embarcation, grosse ou petite. Le jour s'était levé, personne n'avait dormi, et Kodjo ne voyait rien dans sa lorgnette. À l'horizon, il y avait seulement une ligne sombre, un peu plus épaisse, là où la mer rencontrait le ciel.

Ce fut l'explication de Flopi à l'adresse des Nains qui l'éclaira :

— Nous sommes presque à la hauteur de la mer des Vents morts. C'est elle que vous voyez là-bas, dans le lointain : la ligne plus foncée, à la limite du ciel.

— On dit que c'est l'accumulation des épaves qui forme le trait qu'on aperçoit, précisa Plofi. Mais personne n'en est vraiment sûr, et pour cause...

— Ce serait dangereux de nous approcher plus près, commenta Flopi.

— Et pourtant il le faudra bien, annonça le matelot de vigie, perché dans son nid-de-pie. Bateau à bâbord avant!

Il y eut un frémissement général. En un instant, le pont se couvrit de tout ce que le *Sibélius* comptait d'individus à bord, Floups ou Nains, regards tournés dans la direction indiquée. Flopi accola son œil à sa longue-vue.

— C'est exact, fut son seul commentaire.

Il réfléchissait à toute vitesse. Comment reconnaître la *Bella-Bartoque,* sans mettre sa goélette en péril? Il pouvait encore approcher, certes, mais pas beaucoup. Il n'avait pas la moindre envie de se retrouver en panne dans la mer des Vents morts. Et si ce n'était pas le bateau de Pilaf?

Macény cherchait anxieusement, sans aucun résultat. Elle n'avait pas assez l'expérience de l'immensité marine pour distinguer quoi que ce fût. Un marin l'aida à orienter sa lunette dans la bonne direction, mais elle continua sa rengaine de « Où ça? Je ne vois rien… »

Finalement, Flopi se décida. À quoi bon être arrivé jusqu'ici, si c'était pour repartir sans vérifier? Il le savait dès le départ, qu'il faudrait prendre un risque. Il n'était pas pirate pour rien, nom d'un chien de mer! Déjà qu'il était assez fier de la justesse de son trajet…

— Paré à virer, on va tirer un bord, juste pour voir, annonça-t-il à ses matelots, qui s'empressèrent de rejoindre chacun son poste, même pas étonnés de la décision du capitaine. À croire qu'ils le connaissaient mieux que lui-même…

Les manœuvres furent effectuées en un temps record, et le *Sibélius* put s'approcher assez pour identifier de loin la silhouette de la *Bella-Bartoque*, presque immobile. Le bateau n'avançait pas, ou très lentement. Mais à cette distance, le pont semblait désert.

Le cœur de Macény battait à grands coups dans sa poitrine, elle hésitait entre le rire et les pleurs, ne voulant pas s'abandonner à la joie avant d'être certaine d'avoir retrouvé Do, son Do, et Mfuru, sa petite tortue adorée. Tant qu'elle ne les verrait pas, en chair et en os, elle n'y croirait pas. Elle avait déjà été tellement déçue en arrivant sur Sondja... mais elle ne pouvait s'empêcher de penser qu'ils étaient là, éloignés et proches en même temps.

Elle jeta un œil sur Falop, et fut étonnée par son air soucieux. Trompe non plus n'en menait pas large, et tous les marins autour d'eux arboraient un air sombre. Flopi avait pris le temps de coiffer son superbe tricorne améthyste, celui des grands moments. Et l'expression de son visage en disait long sur la situation présente.

Macény ne comprenait plus. Ils étaient là, ceux qu'on était venus chercher, le fils de Falop, son fils à elle, son mari, et les autres, et peut-être même Gaïg, qui sait...

Mais Macény refusait l'évidence imposée par la mine sombre de ces marins qui, certes, s'y connaissaient plus qu'elle en matière de navigation, mais auxquels il manquait... quoi? Que leur manquait-il, pour qu'ils fassent cette tête?

En y réfléchissant, elle comprenait que Flopi ne veuille pas risquer sa propre goélette dans ces eaux dangereuses. On ne serait pas plus avancé, avec deux bateaux perdus au lieu d'un...

Le silence s'éternisait, le *Sibélius* avançait, porté par le courant, mais son équipage demeurait vigilant. Surtout ne pas perdre le vent, ne pas approcher de la zone maudite parce que trop calme, à la limite de laquelle se trouvait déjà l'autre bâtiment.

Ce fut Falop qui rompit le silence, la voix grave :

— On peut mettre une barque à la mer. J'irai seul. Si j'arrive à les rejoindre, je pourrai peut-être les aider.

— Je viens avec toi, déclara immédiatement Trompe.

— Moi aussi, enchaîna Macény.

Devant les regards incrédules des Floups, elle ajouta, catégorique :

— Je sais ramer.

Mukutu avala sa salive de travers en entendant ce mensonge éhonté, proféré d'un ton qui n'admettait pas de réplique; Babah cligna nerveusement des yeux, Afo et Keyah se regardèrent, bouche bée. WaNguira intervint :

— Nous pouvons y aller à plusieurs, capitaine… Plus on est de bras à ramer, plus on peut résister au courant.

Flopi réfléchit un moment avant de répondre.

— Ce sont les deux barques que nous mettrons à l'eau. Avec des cordes. Il faut éloigner la *Bella-Bartoque* de la zone morte. Elle n'y est pas encore tout à fait, puisqu'elle avance, même lentement. On va la remorquer pour la remettre dans le courant. Ensuite, ce sera plus facile à gérer.

Il donna immédiatement les ordres nécessaires, répartissant les tâches au mieux des possibilités de chacun. Il était illusoire de vouloir garder Macény à bord, et de toute façon, sa force, décuplée par le désir de revoir les siens, s'ajouterait à celle des autres.

Afo, Babah, Fé et Bélimbé seraient dans une barque, Macény, Mukutu, Trompe et Falop dans l'autre. Des Floups les accompagneraient pour diriger les manœuvres. WaNguira et Kodjo demeuraient à bord avec Keyah, Flopi, et le reste de l'équipage.

Une corde reliait les barques entre elles, pour plus de sécurité. Les deux groupes s'ébranlèrent, et progressèrent assez vite, sous la vigoureuse poussée des avirons. Tous ceux qui étaient restés à bord les suivaient anxieusement du regard. Le matelot de vigie continuait à donner des indications sur la position de la *Bella-Bartoque*.

Apparemment, cette dernière avançait. Doucement, certes, mais elle n'était pas coincée. L'aide apportée par le remorquage serait précieuse, elle contribuerait à la remettre dans le courant, là où le vent soufflait assez fort pour s'engouffrer dans les voiles.

Flopi soupira, à la fois de soulagement et d'anxiété. Rien n'était encore joué, et le succès n'était pas assuré. Mais au moins, ils auraient essayé. De toute façon, il faisait confiance à Falop : il sortirait son garçon de là, il le savait.

Le capitaine sourit sous son tricorne : l'aventure était trop belle, il n'était pas possible qu'elle soit vouée à l'échec. Les Floups étaient les rois des océans, ils vaincraient la mer des Vents morts. Et le galopin, si jeune, serait capitaine de son bateau, du haut de ses treize ans. Comme lui autrefois…

19

Gaïg, sans la succession des jours et des nuits, ignorait toujours depuis combien de temps elle se trouvait là, à l'intérieur de Spongia. Cette dernière lui avait raconté son passé, puis s'était penchée sur son futur.

Gaïg avait eu du mal à comprendre sa narration : apparemment, Spongia approchait de la fin de sa vie, mais elle ne mourrait pas vraiment, puisque ses rejetons lui survivraient, et qu'ils étaient elle. Mais eux vivraient dans de la belle eau claire, elle s'était battue pour cela.

Désireuse de récolter le maximum de renseignements, Gaïg avait écouté attentivement, quitte à informer Spongia de faits la concernant elle-même, quand la conversation ralentissait.

Elle n'avait pas toujours saisi de suite les explications fournies par la créature. Après, en confrontant toutes les informations collectées, elle avait émis une hypothèse qui lui semblait plausible sur la nature de Spongia. Une éponge. Peut-être. C'était ce dont Spongia se rapprochait le plus, à son avis.

Une éponge énorme, gigantesque, plusieurs fois centenaire, qui ne pouvait pas se déplacer et qui s'était développée là, solidement accrochée sur le fond rocailleux.

De forme ovoïde, Spongia était creuse, et ce que Gaïg avait pris au début pour une salle limitée par un mur était en réalité l'intérieur de la créature, qui filtrait l'eau à travers ses parois. L'épaisse couche d'algues très fines que Gaïg avait traversée avant de se retrouver dans une eau limpide était en réalité constituée par la « chevelure » de Spongia, une formation touffue de poils très sensibles qui servait de barrière aux impuretés de l'extérieur, ne laissant passer que ce qui était vivant…

En la comparant à une éponge, Gaïg réussissait à cerner un peu mieux la créature, même si elle savait sa comparaison très approximative. Encore que… Elle ne connaissait pas toutes les variétés d'éponges, après tout.

Au début, Spongia s'était nourrie des débris apportés par le courant. Elle avait grandi, grossi et, devenue de plus en plus imposante au cours des siècles, s'était transformée en un obstacle qui arrêtait sans le vouloir les débris charriés par les flots.

Les algues s'étaient enroulées autour d'elle, des branches étaient restées accrochées, et au fil du temps, l'amoncellement s'était accru jusqu'à atteindre l'importance qu'il avait aujourd'hui. Spongia, incapable de se déplacer, avait risqué l'étouffement plusieurs fois, l'eau ne circulant plus suffisamment autour d'elle. Puis, petit à petit, un équilibre s'était installé, précaire.

Équilibre qu'elle avait amélioré en envoyant des tubes, disposés en étoile à partir de sa base, à même le fond, à la recherche de l'eau pure qui se trouvait à la périphérie. Au début, elle ouvrait et fermait ces tubes à son gré, pour se procurer de l'eau fraîche. Mais petit à petit, ces derniers avait développé des bourgeons verticaux, qui s'étaient révélés être des continuations d'elle-même, puisque Spongia ressentait tout ce qui leur arrivait.

C'était ces excroissances que Spongia appelait ses rejetons. Le problème, c'est que ces rejetons, à partir d'une certaine taille, fermaient le tube duquel ils étaient issus et s'en servaient pour s'accrocher au rocher, avant de créer leurs propres tubes à leur tour. Du moins le supposait-elle…

Spongia, au centre, était sans arrêt en train de lancer de nouveaux tubes pour quérir de l'eau pure, mais l'amalgame végétal s'étant agrandi au fil des siècles, elle devait construire des conduits de plus en plus longs, et cela l'épuisait.

Elle se savait condamnée, ce qui l'affolait parfois et expliquait ses crises de colère pour tout ce qui touchait à son identité. Qui était-elle, en fait? L'élément central, générateur de toutes ces excroissances bourgeonnantes qui la tuaient, ou bien était-elle devenue les excroissances elles-mêmes?

Était-il possible qu'elle se soit démultipliée pour exister sous la forme d'une multitude de nouvelles Spongia, ou bien ces excroissances vivaient-elles une existence propre une fois qu'elles avaient fermé le tube? Savaient-elles d'où elles venaient et reconnaissaient-elles Spongia comme leur mère à toutes, ou bien oubliaient-elles tout, en fermant le conduit initial?

Spongia craignait d'autant plus la réponse à cette question qu'elle-même ne se souvenait de rien. Elle aurait été dans l'incapacité de dire d'où elle sortait, ce qui l'avait engendrée. Sa susceptibilité pour tout ce qui avait trait aux origines provenait de cette ignorance. Parce que si elle avait eu une génitrice dont elle s'était séparée sans en garder le moindre souvenir, il n'y avait aucune raison pour que ses rejetons agissent différemment.

— C'est une véritable tragédie, avait conclu Gaïg, plus bouleversée qu'elle ne voulait le laisser paraître.

Spongia avait soupiré :

— C'est ainsi que naît la philosophie! Bloob! Être ou ne pas être, telle est la question…

Elle avait envoyé son dernier tube, il y avait quelques années de cela, et un bourgeon était survenu, qui allait le fermer pour s'accrocher au rocher. Au-delà, très loin vers le sud, là où se trouvait la plus limpide des eaux. Bientôt inaccessible. Et Spongia n'enverrait pas d'autre tube. Elle se sentait trop fatiguée pour ça.

— Tu comprends, avait-elle expliqué à Gaïg, la construction, c'est le propre de la jeunesse. Bloob! Parce qu'on vit dans l'illusion : on a alors l'espoir de voir sa création terminée, utilisée, admirée, ne serait-ce que par soi-même. Bloob! Mais au bout d'un moment, quand nous savons que le monde est différent pour chacun, que le nôtre commence et finit avec nous, on se dit que toute cette agitation ne sert à rien. Bloob! Et on arrête. Bloob! C'est mon choix, en tout cas.

Gaïg s'était tue, remuée au plus profond d'elle-même. Elle aurait aimé aider Spongia, mais comment? Elle ne pouvait même pas le lui demander…

En tout cas, pour ce qui était de sa personne, Gaïg avait compris qu'elle était condamnée. Elle ne pouvait survivre hors de Spongia, de sa paroi protectrice, de son eau cristalline; il n'y avait, au sens propre, pas de place pour elle à l'extérieur.

Or, elle n'était pas pour autant lassée de vivre, elle n'avait pas de multiples siècles d'existence derrière elle, et elle n'avait tout simplement pas encore envie de mourir. Mais peut-être que la mort n'était pas un choix, peu de gens avaient réellement envie de mourir. En certaines circonstances, la mort survenait et vous emportait, que vous le vouliez ou non. Dans la conjoncture présente, c'était le sort qui lui était réservé.

Elle ne put s'empêcher de considérer sa bague. Cette fois, c'était terminé, le bijou ne pourrait rien pour elle. Elle sursauta quand elle sentit le frémissement de Spongia, annonciateur du bombardement de boules d'eau. Elle n'avait rien dit, pourtant, pas posé la moindre question...

— Bloob! Bloob! Mais tu me brûles, petite affaire! Vilain problème flottant! Bloob!

S'ensuivirent quelques galipettes forcées pour Gaïg, sous l'influence des boules d'eau envoyées par Spongia.

— Mais je n'ai rien fait, protesta Gaïg. Je n'ai posé aucune question...

— Toujours en train de te justifier... Bloob! Bloob! Tu m'as brûlée cruellement! Bloob!

Gaïg se tut, craignant d'envenimer la situation. Elle n'avait pas compris ce qui s'était passé, et s'abîma de nouveau dans sa réflexion, d'autant plus désespérée. Si la bague était magique, elle devrait pouvoir la sortir de là. Mais comment?

Un violent remous provoqué par Spongia la fit culbuter plusieurs fois. Il fut suivi d'un bombardement de boules d'eau de petit diamètre, à la réception assez douloureuse. Elle ne put s'empêcher de crier :

— Tu me fais mal! Qu'est-ce que j'ai encore fait?

— Bloob! Bloob! Voilà que tu recommences avec tes impertinences, jeune difficulté impolie. Et en plus, tu me brûles! Bloob! Vilain problème flottant! Bloob! Bloob! Je t'apprendrai comment on vit sous l'eau, moi! Pénible ennui nomade! Bloob! Bloob!

— Puisque je te dis que je n'ai rien fait...

— Bloob! Bloob! Les pensées suffisent parfois à nuire à autrui. Cruel désagrément empoisonné!

Gaïg dut réfléchir un moment à la réponse de Spongia avant d'établir un rapprochement avec sa cogitation précédente. Puis la lumière se fit dans son esprit. Elle était en train de spéculer sur la bague quand Spongia l'avait accusée, elle, Gaïg, de l'avoir brûlée.

Or, dans le passé, Garin, puis la Vodianoï, avaient subi le même sort, au contact des anneaux. Là, cependant, il n'y avait eu aucun contact. Mais le bombardement reprenait, plus intense : Gaïg ne savait où se mettre pour se protéger. Surtout ne pas songer à la bague, puisque c'était ça qui brûlait Spongia.

Mais ne pas vouloir y songer, c'était encore le faire. Vite, il lui fallait trouver autre chose à quoi accrocher son esprit, juste pour changer le cours de ses idées, le faire dévier de l'objet obsédant et dangereux.

Gaïg n'avait jamais eu l'esprit aussi vide. Elle revit AtaEnsic lui disant que la concentration sur un objet permettait de le localiser. Peut-être que la Sirène mâle savait maintenant où elle se trouvait... Si elle arrivait et la libérait? Mais le remède serait peut-être pire que le mal. À moins que Gaïg ne lui rende son anneau... À condition de pouvoir le séparer des siens, qu'elle désirait garder... De ces deux périls, Spongia et la Sirène mâle, quel était le plus grand? Dans l'ignorance, il valait mieux éviter les deux...

Elle évoqua la baie de son village, dont les habitants avaient assisté à ses premiers ébats aquatiques. La Reine des Murènes… Non, trop dangereux, puisqu'elle était à l'origine du Cadeau. Le poulpe à sept tentacules et demi, doux et gentil, avec son regard de soie et son armée de quatre cents ventouses… Sa peau lisse aux couleurs changeantes qui le camouflaient si bien…

Heureusement qu'elle connaissait sa caverne. Elle allait toujours lui rendre visite quand elle se baignait. Gaïg se représenta le céphalopode dans ses moindres détails, puis son repaire, et pour finir, les alentours.

Spongia s'était calmée, mais gardait le silence. Gaïg ne savait comment procéder à la réflexion qui s'imposait, sans penser au Nyanga du bijou. Peut-être que si elle l'appelait autrement… Maldoror… N'était-ce pas un nom tout indiqué pour un tel joyau? En imaginant que la bague était remplacée par le poulpe au regard de soie et aux sept tentacules et demi…

Peut-être que le subterfuge fonctionnerait. Substituer une chose à une autre, pour ne même pas se représenter cette dernière, tout en y réfléchissant… Était-ce possible, intellectuellement? L'ardent Maldoror qui embrasait tout ce qu'il touchait… Y compris Spongia, et ce, même sans contact… Mais Gaïg s'apercevait qu'il était impossible de penser à une chose sans y penser. Quel que soit le nom qu'elle lui donnerait, ce serait toujours à la bague qu'elle songerait.

Et puis, pouvait-elle honnêtement envisager de nuire volontairement à la créature qui l'avait accueillie dans son errance désespérée au sein d'un océan solide aux eaux croupies?

De toute façon, pour aller où? Se débarrasser de Spongia était une chose, survivre en milieu hostile en était une autre. À moins que... Ce dernier tube dont avait parlé Spongia... est-ce qu'il menait réellement à l'extérieur? « Au-delà, très loin dans le sud, là où se trouvait la plus limpide des eaux », avait-elle révélé. Elle avait aussi précisé qu'un bourgeon était survenu, qui allait fermer le tube pour s'accrocher au rocher.

Gaïg se demandait quelle était la taille du conduit. Possédait-il un diamètre assez large pour qu'elle s'y introduise et nage jusqu'à la sortie? Et d'où partait-il exactement, ce conduit? De la base de Spongia, certes, mais c'était vague, comme indication, vu sa taille. Il lui faudrait plonger plus profondément pour examiner discrètement les lieux. Ou faire parler Spongia.

Mais Gaïg n'était pas d'humeur causante, encore sous l'impression néfaste de la correction infligée pour ses brûlures involontaires. Elle avait l'intuition que le temps pressait, et que plus vite elle quitterait les lieux, mieux ce serait. La créature était par trop différente d'elle, il ne pourrait jamais y avoir de cohabitation pacifique et elle serait toujours à la merci de son caractère fantasque.

Non que Gaïg la détestât, loin de là. Mais l'incompatibilité était manifeste, et Spongia aurait toujours l'avantage sur elle, ne serait-ce que par l'entremise d'un sommeil provoqué... Gaïg, boudant à moitié, nageait doucement en se rapprochant du fond, estimant Spongia immense. Quel âge pouvait-elle avoir, pour avoir atteint cette taille?

Gaïg n'était pas très loin du fond quand elle sentit le durcissement de l'eau, annonciateur de l'espèce de matelas que Spongia avait déjà réalisé plusieurs fois pour elle. Elle aurait préféré nager et étudier la paroi, mais comme il ne fallait surtout pas éveiller l'attention de l'autre sur ses intentions, Gaïg s'installa sur le « matelas », avec un merci un peu contraint.

Des boulettes de nourriture suivirent, que Gaïg se força à avaler, histoire de ne pas froisser la « chose » une fois de plus. Elle gardait un cuisant souvenir du dernier mitraillage et n'avait guère envie d'en essuyer un nouveau.

Elle était de plus en plus convaincue que Spongia n'était pas une amie et qu'il n'y avait rien à espérer d'elle. Elle fut surprise et effrayée de sentir les jets d'eau qui la massaient. Peut-être que Spongia regrettait sa vivacité et essayait de se faire pardonner, mais peut-être aussi qu'elle essayait de l'endormir pour la manger... Comment savoir?

Gaïg s'abandonna aux jets malgré elle. Elle voulut résister, mais son corps, subitement avide d'un peu de repos, ne lui obéissait plus. Elle sentait l'envahir une léthargie pénétrante, et le massage aquatique de Spongia était plaisant.

Son esprit s'amollissait, d'autant plus que Spongia déclamait doucement un poème dont Gaïg ne saisissait que des bribes : il y était question d'un vieil océan à la solitude solennelle et à la lenteur majestueuse, dont les vagues incomparables se suivaient parallèlement sur toute sa surface sublime, accompagnées du bruit mélancolique de l'écume qui se fond.

Gaïg prenait plaisir à rêvasser sur les idées suggérées, ponctuées par le lancinant refrain « Je te salue, vieil océan. »

Comme les jets devenaient de plus en plus doux et caressants, elle finit par perdre conscience de ce qui l'entourait.

LEXIQUE

Affé : Nain, un des cinq enfants de Mama Mandombé, à l'origine d'une des cinq grandes familles de Nains. Emblème : la sphère, représentée à plat par un cercle.
Afo : Naine, sœur jumelle de Keyah. Amie de Bélimbé le sculpteur.
Aïmana : le monde de la réalité chez les Sirènes.
Aïmata : le monde du rêve chez les Sirènes.
Amata : Première femme sirène de la Lignée sacrée.
Aroha : Sirène femelle. Surnommée la Farouche par Gaïg.
AtaEnsic : Licorne femelle ayant perdu sa corne, amie de Mfuru.

Baalââ : langue sacrée des Nains.
Babah : Nain, ami de Mukutu.
Bamako : village de la côte, proche des collines de Koulibaly.
Bélimbé : Nain, sculpteur gnahoré, ami d'Afo.
Bella-Bartoque : bateau de Pilaf.
Bête-au-Vent : premier bateau de Flopi.

Cocos (courant des) : courant marin.

Crépin : Homme sur l'île des Kikongos.

Dikélédi : jeune Naine, fille de Doumyo et Mvoulou. Née dans la forêt de Nsaï, à la suite d'une farce de Pookah.
Do : Nain Kikongo, époux de Macény, père de Mfuru. Devenu WaNdo à la mort de WaNgolo.
Dryades : jeunes filles de la forêt de Nsaï, dont la vie est reliée à un arbre, le plus souvent un chêne.

Emiri : première Sirène mâle de la Lignée sacrée.
Eribatasuna : Sangoulé, dans le langage des Salamandars.
Ewe-Lani : nom du pays de N'Dé, pour les Sirènes.

Faïmano : domaine sous-marin des Sirènes, entouré par les îles du même nom.
Falop : pirate floup.
Fareani : la langue-mère des Sirènes.
Fé : Nain de la tribu des Gnahorés, ami de Bélimbé.
Flanel : femme floupe. Épouse décédée de Falop, mère de Trompe et Pilaf.
Flap : pirate floup.

Flip : pirate floup.
Flopi : capitaine floup.
Florinette : art martial floup, aux apparences de danse, reposant sur l'utilisation des jambes et des pieds au lieu des mains.
Floups : êtres de taille inférieure aux Nains, devenus pirates et ennemis des Hommes qui avaient voulu les asservir.
Flup : pirate floup. S'est emparé de la *Bête-au-Vent* avec Flopi et Pafou.

Gaïg : fille, âgée de dix ans. Appelée **Wolongo** par les Nains en baalââ ou **ToneNili** par les Licornes, en tawiskara. Les deux noms signifient *Fille de l'eau*. **Itia** pour les Sirènes.
Garin : Homme qui a recueilli Gaïg avec Jéhanne.
Gilliatt : Homme sauvé par Heïa. Père de Gaïg.
Ginga : pas de base dans la florinette qui consiste à se précipiter rapidement sur l'adversaire comme si on allait attaquer pour se retirer aussitôt en reculant.
Gnahoré : Nain, un des cinq enfants de Mama Mandombé, à l'origine d'une des cinq grandes familles de Nains. Emblème : le cône, représenté à plat par un cercle surmonté d'un triangle.

Heïa : Sirène de la Lignée sacrée. Fille de Vaïmana l'Ancienne, mère de Gaïg qu'elle pensait prénommer Itia.
Hommes : êtres humains, de grande taille, peuplant la surface de la terre.

Iolani : Sirène mâle de la Lignée sacrée.
Itia : nom donné à Gaïg par sa mère, Heïa. Signifie la *Petite-fille-messagère-blanche*.
IyaTiku : Licorne spécialiste des venins.

Jéhanne : femme qui a recueilli Gaïg avec Garin.

Keyah : Naine de la tribu des Lisimbahs. Sœur jumelle d'Afo. Amie de Fé.
Kikongo : Nain, un des cinq enfants de Mama Mandombé, à l'origine d'une des cinq grandes familles de Nains. Les Kikongos sont surnommés les Nains des sables. Emblème : la pyramide, représentée à plat par une étoile à quatre branches.
Kodjo : jeune Naine de la famille des Kikongos.
Koulibaly (collines de) : région où se sont réfugiés les Gnahorés lors du Premier Exode.

Licornes : créatures vivant dans la forêt de Nsaï, semblables à des chevaux portant une

corne unique au milieu du front. Cette corne, torsadée chez les femelles, a la propriété d'absorber les poisons.
Lisimbah : Nain, un des cinq enfants de Mama Mandombé, à l'origine d'une des cinq grandes familles de Nains. Emblème : le cube, représenté à plat par un carré.
Loki : Pookah.

Macény : Naine, mère de Mfuru, épouse de Do.
Maïalen : Salamandar, mère de Txabi.
Mama Mandombé : la Déesse magnifique, mère de tous les nains à travers ses cinq enfants (Gnahoré, Kikongo, Lisimbah, Pongwa, Affé), aussi surnommée la Reine des Nains par Gaïg.
Manutahi : Sirène mâle, fils de Tamateva, frère de Vaïmana.
Maru (océan) : océan glacial, très loin dans le nord.
Mfuru : Nain. Son nom signifie *la Tortue* en baalââ. Ami d'AtaEnsic.
Missono : Nain, chef décédé de la tribu des Kikongos.
Moana (océan) : nom de la mer d'Okan chez les Sirènes.
Mukutu : Nain, chef de la tribu des Lisimbahs. Père de Nihassah.

Nains : êtres humains caractérisés par leur petite taille et leur habitat cavernicole.
N'Dé (pays de) : pays d'origine de Gaïg. Ewe-Lani pour les Sirènes.
Nihassah ou **Zoclette :** Naine, amie de Gaïg. Fille de Mukutu et de Batuuli. Nihassah signifie *Princesse Noire* en baalââ.
Nimissa : immense lac souterrain dans la mine de l'île de Sondja. Son nom signifie *Mer-du-désespoir-sans-fond*.
Nsaï (forêt de) : forêt où vivent les Dryades et les Licornes.
Nyanga : Minerai sacré. Signifie *soleil* en baalââ.

Okan (mer d') : mer baignant les côtes orientales du pays de N'Dé.
Oko (monts d') : les Nains y ont trouvé refuge après le Premier Exode.
Olokun : Esprit de l'eau chez les Nains. Père de Yémanjah.
Onaku : en langage sirène, nom de la baie du village de Gaïg, dans l'océan Moana (appelé mer d'Okan par les Nains).
Otahi : la Première Sirène. Aïeule de Gaïg. Équivalent de Yémanjah chez les Nains.

Pafou : capitaine floup.
Patxi : Salamandar. Prononcer « Patchi ».

Pelée (montagne) : volcan central des pitons de Wassango-Kilolo.
Pierre des voyages : en Akil minéral. Elle permet de comprendre les différentes langues, même celles en signes.
Pilaf : jeune pirate floup. Fils de Falop et frère jumeau de Trompe.
Plafi : pirate floup.
Plifo : pirate floup.
Plofi : pirate floup, grand raconteur d'histoires.
Plofu : pirate floup.
Poerava : nom donné par les Sirènes à Sondja, l'île des Kikongos.
Polaf : pirate floup.
Pongwa : Nain, un des cinq enfants de Mama Mandombé, à l'origine d'une des cinq grandes familles de Nains. Emblème : l'œuf représenté à plat par une ellipse avec un cercle à l'intérieur.
Pookah : Lutin des bois, plaisantin et farceur.
Premier Exode : période durant laquelle les Nains, à cause du volcanisme, quittent les montagnes de Sangoulé pour les monts d'Oko.

Ranitaké : nom de la Reine des Murènes.
Renart : Homme sur l'île des Kikongos.

Salamandar : créature amphibie peuplant les souterrains. Les Salamandars sont réputés pour leur intelligence fine et aiguë. Le pluriel de Salamandar est **Salamandarak** en langage salamandar.
Sangoulé : chaîne de montagnes. Pays d'origine des Nains, abandonné pour les monts d'Oko lors du Premier Exode, à cause de l'activité volcanique qui s'y est développée.
Sawyl : langue des Dryades.
Sha Bin : le *Nain-à-la-peau-claire*. Toujours présent lors des apparitions de Mama Mandombé.
Shango : village de la côte, proche des collines de Koulibaly.
Sibélius : bateau de Flopi.
Sondja : île sur laquelle les Kikongos ont été maintenus prisonniers par les Hommes pendant plus d'un siècle. Son nom signifie *Terre-du-désespoir-absolu.* Appelée Poerava par les Sirènes.
Spongia Magna : créature sous-marine apparentée à une éponge. Retient Gaïg prisonnière.

Tahitoa : Sirène femelle. Surnommée la Courageuse par Gaïg.
Tamateva : Sirène femelle. Mère de Vaïmana l'Ancienne et de Manutahi. Grand-mère d'Heïa.

Thioro : Naine de la tribu des Kikongos.
Trompe : pirate floup, de sexe féminin. Fille de Falop et sœur jumelle de Pilaf.
TsohaNoaï : Reine des Licornes. Signifie *Soleil en tawiskara*.
Txabi : bébé salamandar confié à Gaïg par sa mère, Maïalen. Prononcer « Tchabi ».

Vaïmana : Sirène très âgée, surnommée Vaïmana l'Ancienne. Grand-mère de Gaïg. Sœur de Manutahi et fille de Tamateva.
Vents morts (mer des) : mer intérieure, sans côtes, cernée par le courant des Cocos, dans laquelle les vents ne soufflent pas.
Vodianoï : créature aquatique repoussante, dégageant une forte odeur de putréfaction. La morsure de la Vodianoï est généralement mortelle.

Walig : chêne allié à Winifrid, dans la forêt de Nsaï.
WaNdo : Nain. Époux de Macény, père de Mfuru. S'appelait Do avant de devenir grand prêtre des Kikongos à la mort de WaNgolo.
WaNgolo : Nain, grand prêtre des Kikongos, mort de la rage.
WaNguira : Nain, grand prêtre des Lisimbahs.

Wassango-Kilolo (pitons de) : région où se sont réfugiés les Pongwas et les Affés lors du Premier Exode.
Winifrid : Dryade, alliée du chêne Walig.

Yémanjah : signifie, en baalââ, *Mère-dont-les-enfants-sont-des-poissons*. Fille de Mama Mandombé, qui est l'Esprit de la Terre, et de son frère, Olokun, qui est l'Esprit de l'Eau. Première Sirène. Aïeule de Gaïg.
Yoruba : rivière qui traverse les montagnes de Sangoulé du nord au sud.

TABLE DES MATIÈRES

Prologue	11
Chapitre 1	15
Chapitre 2	31
Chapitre 3	39
Chapitre 4	51
Chapitre 5	63
Chapitre 6	73
Chapitre 7	81
Chapitre 8	95
Chapitre 9	109
Chapitre 10	125
Chapitre 11	137
Chapitre 12	147
Chapitre 13	159
Chapitre 14	173
Chapitre 15	183
Chapitre 16	199
Chapitre 17	211
Chapitre 18	221
Chapitre 19	237
Lexique	249

LA PROPHÉTIE DES NAINS
TOME I

LA FORÊT DE NSAÏ
TOME II

L'APPEL DE LA MER
TOME III

L'ÎLE DES DISPARUS
TOME IV

Ce livre a été imprimé sur du papier contenant 100 % de fibres recyclées postconsommation, certifié Écolo-Logo et Procédé sans chlore et fabriqué à partir d'énergie biogaz.